あなたはさとうひろしという一編の詩でした

横山静恵／鶴賀イチ

歴史春秋社

あなたは
さとうひろし　という
一編の詩でした

はじめに　～さとうひろしという詩～

昭和五十（一九七五）年の第十三回「歴程賞」は一味ちがうものでした。文学賞の一つでありながら、登山家で冒険家の植村直己に贈られたのです。

受賞テーマ未知の世界の探求

確か……、植村直己は詩を書いてはいない。……「歴程」は草野心平や中原中也、逸見猶吉たちにより立ち上げられた現代詩の同人誌であり、それによる賞のはず……。

「ん？」と首を傾げる私たちに、佐藤先生は「さすが心平先生ですねぇ」と、賞の趣旨への共感をもって話してくれました。

「植村さんは、単独で北極圏へ出かけたのですよ。未知の世界への探求は詩であり、植村さんの生き方そのものが詩なんですねぇ」と。

その時、私たちの目から鱗がポロリ。そして広大で静寂な碧い世界の中をポツリと、しかしながら未知の世界に嬉々と目を輝かせて向かう一人の男の姿が、たしかに「詩」として浮かび上がったのです。

なんとなく、「詩」とは、内なる思いを文字の力を借りて表現するものであり、書いたり読むものだという気がどこかでしていました。しかしこの時、「詩」の本質は人間の生き方であり、生き方が「詩」になるのだと気付かされたのです。

佐藤先生が亡くなられて、早や十年の時が経ちます。でも、私たちの中でその存在は色褪せるどころか、その時々に聞いた言葉、その時にはわかりきれなかった言葉たちが、当時とはまた違う輝きを放っているのです。

多くのものを頂くばかりだった私たちが、いま先生にあげたいものがあるのです。

それは、私たちの手作りの「歴程賞」。

受賞テーマ「あなたは、さとうひろしという一編の詩でした」

「仰げば尊しわが師の恩」もし私たちに恩返しできることがあるなら、私たちも一編の確かな詩になることかもしれません。それは難しいことかもしれませんが、私たちは「さとうひろしという詩」をもう一度味わい、それぞれ自分の詩を編んでいきたいと思うのです。

あらためて、佐藤浩とはどんな人でありどんな生き方をした人なのでしょう。私たちの内には、それぞれにそれぞれの佐藤先生が存在し、ある程度共通の「佐藤浩像」を持っています。しかし、それは同方向からの、ある意味半分くらいの角度から見た像に過ぎません。私たちの知らなかった別の角度の佐藤先生を訪ね、出来るだけ「立体的な佐藤浩像」に迫ってみたいと思います。

他の人のかかわりや、佐藤先生の作品、社会にまいた種、人々とのかかわりや想いなど、様々な視点や客観的な角度からこの本を編んでいきたいと考えるのです。

もちろん、佐藤先生はあまりに大きくて書ききれないことはわかっています。私たちの目が届ききれないことも、未熟なことも承知しています。

それでも、私たちは佐藤先生をたどる旅に出ます。

発刊に寄せて

青い窓の会　同人
柏　屋　五代目　本名　善兵衛

澄みきった青空を眺める時、佐藤先生の穏やかな笑顔がまぶたに浮かんできます。平成二十年十月十日に佐藤先生がご逝去され、今年で、没後十年を迎えました。

この節目に、佐藤先生と生前から交流を続けて来られた鶴賀イチさん、横山静恵さんが『あなたは　さとうひろしという　一編の詩でした』を上梓されました。青い窓の主宰として、子どもの言葉と心を社会に発信し続けてきた功績、そして文学者としての詩、小説、随筆、童話や短歌などの作品が収蔵された貴重な一冊です。

佐藤先生を人生の師として敬愛し、また人間・さとうひろしを知るお二人だからこそ、紡ぐことが出来たのだと思います。

ここに深く敬意と感謝の意を表する次第です。

「青い窓」が創刊された昭和三十三年、私は三歳でした。青い窓のウィンドーの前で母と弟と共に写った記念写真。子どもの詩とその世界観が表現された、まさに夢の入口のような空間でした。ウィンドーからパネルへと姿形は変わりましたが、子どもの詩の素晴らしさは変わることなく、見る人の心を響かせています。

ここでウィンドーにまつわるエピソードをご紹介します。初代同人たちが、青い窓の活動を始めるにあたり、店のショーウィンドーを使わせて欲しいと当時の社長で三代目・本名善兵衛に懇願しました。彼は「永く続けられる活動であるならば……」と、たった一つの条件を出したそうです。

文化や芸術に理解のあった三代目は、戦争がそれらをたやすく奪ってしまうことを、身を持って体験していました。だからこそ、永く続けることは、平和な社会を築き上げることでもあると伝えたかったのかも知れません。

そして、このたった一つの条件は、未来を生きる子どもたちとも交わす、大切な約束でもあることを、青い窓六十年の節目にあたり胸に刻んでいます。

現在、青い窓の同人は初代同人の息子や孫たちが担い手となりました。佐藤先生や初代同人が遺してくれたものに学び、果たし切れなかった夢を追い続け、叶えていけることは、私にとって何よりの喜びです。

佐藤先生の没後十年、そして青い窓六十周年である今年は、世代を超えてずっと続いていく旅の始まりでもあります。

佐藤先生を知る人にも、そしてこれから佐藤先生に出会う方にとっても、この本は足元を照らす灯りとなり、導いてくれることでしょう。

平成三十年十二月

目次

さとうひろしの「天・知・人」

「天地人」は、世界を形成する三つの要素の事なそうです。「天」とは人を超えた存在であり、人にはその天から一生をかけて行うべき命令が与えられているともいわれます。「地」とは一般的に土や陸や場所などを指しますが、哲学などの意味に使われることもあり、「人」とは人格からとらえられた人間の事だといいます。では、佐藤浩という人間を形成していた三つの要素とは何だろうかと考えてみました。

「**天**」は、「子どもと詩」のかかわりではなかったかと思います。五十年間主宰した「青い窓」は、佐藤先生の代名詞ともいえるほどです。

「地」は、哲学とも捉えて「**知**」に置き換えてみました。佐藤先生の知識、哲学、科学、言動はあまりにも深く、まさに「知の人」でした。そこには、生来の知性と好奇心をベースとして、視力を失うという運命に立ち向かう努力もあったかと思われます。

「**人**」は、人々が引かれ惹きつけられた人柄。深い言葉、崇高な人格、優しく柔らかなまなざし、それらはごまかしのない誠実な透明感を持って心の真ん中から湧き出ていました。

そのさとうひろしという人間を形成していた三つの要素「天・知・人」を一つひとつ紐解いてみたいと思います。

天

天命の「子どもと詩」

まず、これから書き進めるにあたり、一つお断りをしておかなければなりません。佐藤先生にのみ「先生」という敬称をつけさせていただき、外の方々の敬称を略させていただきます。

佐藤先生の児童詩との出会いは、そこに至るまでの人生と重ね合せなければなりません。もし、生まれていわゆる普通に学校を卒業し、その先の職業に普通に向かったなら、きっと児童詩との出会いはなかっただろうと思います。もしあったとしても、それは全く違った形だったに違いありません。

佐藤先生は、大正十一（一九二二）年十二月三日に、歯科医・佐藤勘兵衛、ハルの二男として郡山市中町に生まれました。昭和十一年、旧制安積中学三年生の時、機械体操部に所属していたのですが、逆手車輪に失敗して激しく地面に叩きつけられたのです。この事故で左目の明かりを失い、無情にもやがて右眼も失明するとの宣告を受けたのです。十五歳という多感な時期に左目の視力を失い、やがてもう片方も失明するという不安と恐怖は想像に絶します。

その青天の霹靂。前途洋々、健康すぎるほど健康だったまだ十五歳の若い身に、その過酷な現実は受け入れ難いものでした。一日一日と暗闇の世界へ近づいていく不安の中、人生を手探りで模索するようになり、やがて人生を左右する人や本と出会っていきます。

昭和十四年、歯科医を継ぐという責任を背負い東京歯科医専に入学するも、右眼のみの〇・一視力では顕微鏡をのぞくにも無理がありました。学校は休みがちになり、小説、短歌、俳句、童話等々を書いたりするようになっていきました。

やがて、視力の衰えには逆らえず昭和十六年の三月郷里郡山に戻り、その年の九月から国民学校の代用教員となります。

この人生の流れをもって、佐藤浩と「子どもの詩」を結び付かせることになるのです。昭和十六年といえば、世は太平洋戦争へと向かっていく時です。この時代背景もまた、二十歳の佐藤青年の人生に大きく関わっていきます。

児童詩との出会い

根木屋国民学校で代用教員になった佐藤先生は四年生を受け持つことになり、ここで、強烈に児童の詩と出合うのです。

コスモス　　四年　溝井サキ

三年生のとき
とうちゃんがへいたいになった
さけのまね　とうちゃんが
さけのんで
どなるように　あいさつした
コスモスは　わらった

こないだ
となりの　ミエ子あねが
きれいな　花よめさまになって
わげから　でていくとき
だまって　ないた
コスモスは　わらった
だから
コスモスは　大きらい

ゆんべのこと

四年　溝井サキ

ゆんべ
おしっこに　おきたら
かあちゃんが　ないていた
ランプ　つけっかい

と　きいたら
つけんな　といった
きっと
とうちゃんが　へいたいだから
みんな見でっから　なかねんだ
しんぺしねで　ねな
と　かあちゃんが　またいった
私は　ふとんを　頭までかぶった
コーロギは　ひるまも
ないている
かわいそうな　かあちゃん

この、子どもの素直に見たまま感じたままの表現は、悲しいかなこの時代、戦争批判ともとられるものでした。この詩を掲示板に張り出したことにより、反戦思想の持ち主と見られ根木屋国民学校を依願という形の退職となるのです。その後、行健国民学校に移るものの、貝のような教員生活を送らざるを得なかったといいます。

昭和二十年八月の終戦を越え昭和二十一年三月まで教鞭をとったものの、やがて教職から身を引くことになります。

昭和二十三年五月、完全失明。その朝を、彼は静かに迎えました。「見えなくなったら……」という不安から解放された日でもあったといいます。

その前年、昭和二十二年に行建国民学校教諭であった椎根喜代を妻に向かえ、翌二月には長女由紀子が誕生します。かすかながらも二人の姿を目に映して、佐藤先生の目は幕を下ろしたのです。

夫となり父となり責任を背負った佐藤先生は、生計を立てる道をまず筝に求めました。宮城道雄のもとに通い始めたのですが、「琴は作曲と演奏が分離されていないので、作曲だけでは生計は立てられない。盲学校へ行って三療（針、灸、マッサージ）の技術を身につけて、琴は趣味にした方がよい」とのアドバイスを受けました。そして、昭和二十五年四月から四年間、福島県立盲学校で鍼灸を学ぶことにしたのです。

こんな経緯をもって、一度強烈に出会った「児童詩」から遠ざかります。全盲となった現実と家長としての責任、それらを受け止めて生きていく決意をするのです。

「青い窓」の誕生

教職を離れて八年、完全失明から六年の時を経て、昭和二十九年四月から針灸治療院を営み始めた佐藤先生は、柏屋三代目本名徳治の治療を行っていました。もともと文学好きであることを知る徳治は、時々コピーライターのような仕事を依頼し、才を見出された佐藤先生はやがて柏屋に勤めることになるのです。ここから、本格的な「児童詩」と関わる人生が始まっていきます。

「今から新しい暦をめくることになる」と、目を輝かせる四人の青年がここに集うのです。その時の様子については、橋本貢が「ふるさと讃歌」と題して「青い窓」に載せているので、一部抜粋してその設立時の同人の声を聞こうと思います。

昭和三十三年といえば、ようやく戦後十年を過ぎて、世の中が前向きに変わり始めていた時期です。当時復活して間もない薄皮饅頭柏屋の二階に、まだ二十代だった専務の本名洋一さんは、下張り用の和紙を壁に張り、荒莚を床に敷き並べ「虫炉」と呼ぶ部屋を設けました。「今から新しい暦をめくることになる」とは、その時彼がつぶやいた言葉ですが、「虫炉」の部屋は何よりも自由を求める仲間の、常時たむろする場所となりました。そこには心弾む不思議な時間が流れ、そんなトキメキの中から、子どもの夢の「青い窓」は生まれ得たと考えています。その場に居合わせたのは、現在も同人である次の顔ぶれです。佐藤浩（詩人）、本名洋一（柏屋専務）、橋本貢（画家）、篠崎賢一（デザイナー）、書と俳句の故半沢静林など……、私には、つい昨日のことのように思い出されます。

同年五月一日、柏屋二階の空き部屋で最初の「青い窓」ウインドーの制作が開始されました。主題の詩を佐藤浩、原画を私が描き、制作と演出は篠崎賢一と本名洋一が担当するといった共同作業です。駅前大通りに面していたウインドーは、それまで薄皮饅頭を展示してきた唯一の場所だったのですが、先代社長の本名善兵衛氏は、息子ようちゃんの申し出に何一つ口を挟まず、取り払うのも自分の手で行ったという話を、ずいぶん後になって聞かされました。

「青い窓」誕生のテーマは、五月の光と薫風でした。背景を田園の図柄で表現し、前面にシルクの薄いベールを張って、そこに翔んでいる子どものあどけない姿を線で書き込みました。

往来の歩行者の目には中の子どもが背景の前に浮かびだし、一緒に動いているように見えたと思います。例え、それが素朴な表現だったとしても、われわれ同人の胸は五月の夢に溢れておりました。

橋本貢がそう回想し、佐藤先生は福島民友新聞の「私の半生」の中に、次のように書いているので、これも一部抜粋してみます。

私たちが子供のころ、マチは自然が豊かで夢がいっぱい詰まっていた。よくビー玉が転げこむ土蔵脇の路地は夏もひんやり。悪ガキの歓声が飛びかった八幡さま裏。境内には秋になると決まってサーカス小屋がたった。一本の竹もまたがれば馬、つかまれば汽車にしてしまう遊びの天才たち。子どもの社交場、駄菓子屋のおじいちゃん、おばあちゃん。数えきれない思い出がこのマチにはある。ところが、今の子供はどうだろう。私らが小石を蹴飛ばしながら走り回った道路はコンクリートで塗りつぶされ、車の洪水。このままではわれわれの持っている思い出、夢を体験せずに大人に成長してしまう。これではいけない。八畳の部屋に幼馴染が集まった気軽なおしゃべり。それが「青い窓」誕生のきっかけとなった。―中略―　本名さんが提案した。「店に三つのウインドーがあるが、真ん中を子どもの夢で飾ってみよう」その夢は子どもの詩がいい。イメージをディスプレーすれば視覚的で面白い。次々とアイディアが広がった。ウインドーの名は「青い窓」とした。名付け親は橋本さん。東北の空の青さ、青い鳥の青からヒントを得た。五月五日、私の詩で青い窓は開け放たれた。

二人の回想の中に、「子どもの夢」以前に二十代の若者たちの夢が膨らみ、イキイキと楽しそうに動く光景が目に浮かんできます。そして、若者の夢と理想を、見えないように援助し育んでいく社長の本名徳治や、「青い窓」の題字を書いた半沢静林など、若者を包む大らかな手や広く深い心を感じるのです。

さて、「五月五日、私の詩で青い窓は開け放たれた」という、「青い窓」創刊号の詩は、次のものでした。

五月のうた　　　佐藤　浩

蝶々のリボンが　ちぎれて
舞い上る
その空に　白い雲に
　　若葉に　そして土に
光たちのおしくらまんぢうだ
よしきりの池の向うでも
お百姓さんが
新しい光を掘り起している

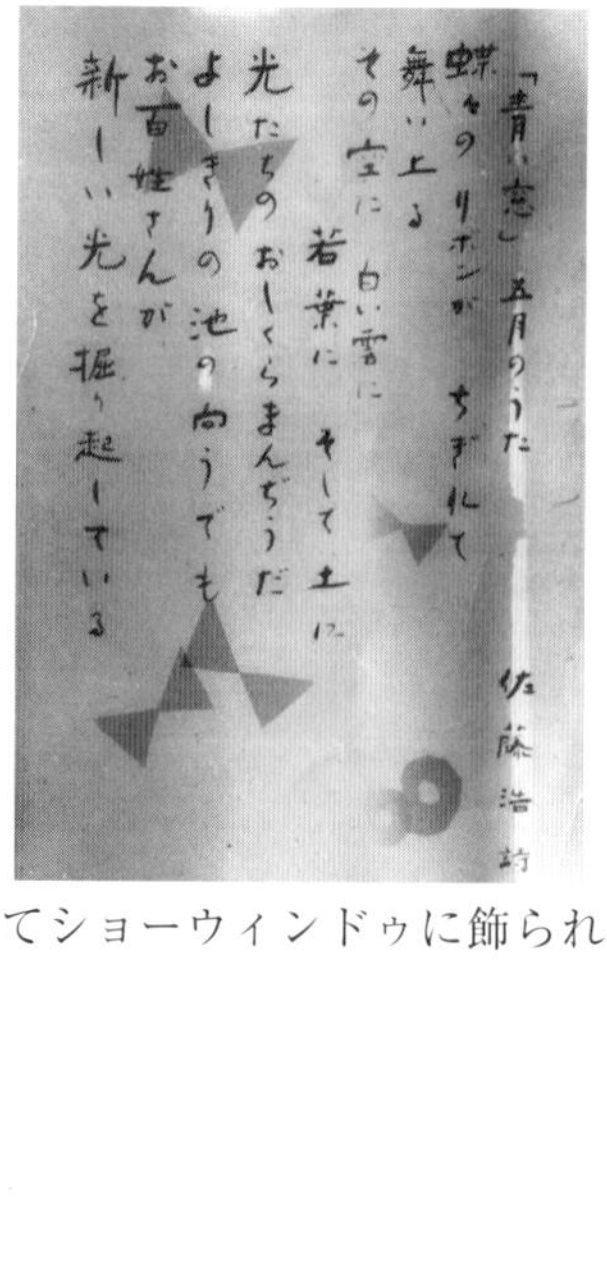
「青い窓」五月のうた
蝶々のリボンが　ちぎれて
舞い上る
その空に　白い雲に
若葉に　そして土に
光たちのおしくらまんぢうだ
よしきりの池の向うでも
お百姓さんが
新しい光を掘り起している
佐藤浩詩

初めてショーウィンドゥに飾られた詩

子どもの夢の「青い窓」

佐藤先生が「青い窓」と共に歩んだその軌跡を、十年ごとに括りながら見てみようと思います。十年ごとの表題は、その頃に佐藤先生がこだわりを持って考え続けたことや言葉を当ててみました。ちょうど十年を節目に何かが変わるというものではありませんが、その近辺の想いとしてまとめてみました。

【表現層】と【イメージ層】（昭和三十三年創刊からの十年）

「表現層」と「イメージ層」という言葉は、十年をかけたからこそ見えた、十年のまとめともなる捉え方でもあるように思います。この言葉の謎解きは最後の方に見えてきますが、まずは創刊号から見てみます。

柏屋のウインドーを飾ったのは、佐藤先生の詩「五月のうた」でしたが、リーフレット「青い窓」の創刊号の表紙を飾ったのは、募集に応じた一般の大人の詩でした。

「詩の募集をしようと新聞広告に出したものの、大半は大人が子どものために書いた童詩で子どもの詩はわずか。最初は目論見が外れた」とはいいますが、特選に選ばれた大人のその詩は温かいものでした。

六月の歌　　長谷川　十糸子

だあれ？
緑のチョークでいたづら書きしたのは
麦の穂　麦の穂
つんつん　のびろ

だあれ？
チョコレートの銀紙で小人の馬車をつくったのは
銀の車　くるくる
銀の車　くるくる

あら！
わたしの体が音符になった

この詩と、もう一編石井もりやの「こむぎわら帽子」が掲載されました。子どものために書かれた大人の詩から出発した「子どものための青い窓」は、三百部ほどをガリ版で刷り、投稿者や文学関係者に送られました。やがて、「子どもの詩だけでいっぱいにしたい」という本名洋一の提案で、県内の小中学校へ約千部が無料配布されました。そして一年後に届いた一編の詩が、子どもの詩だけで埋まるきっかけになったといいます。その詩が、「なみ」という次の詩です。

な　み

五年　工藤　ひなえ

しずかななみ
だれもおよいでない海
なみが花のように
きれいにおどっている

こっちに来ては
むこうを向く
こっちに来ては
むこうを向く
なんどつれもどされても
自分の行きたい方へ行く
なみ
このなみが
ザザーとすごいいきおいで
こっちに来るときがある
こんなきれいななみが
すごいいきおいでくると
私は信じられない
きっとその時は
行くな、行くなとおこられて
むりに　なきなき

きたときだ

この詩に、同人たちは童詩にはない新鮮な感動を覚え、思いやりのある子どもの深い目に確かな手ごたえを感じたといいます。

この一編の子どもの詩に感動しているのは、二、三十代の四人の青年です。子どもの思いやりや深い目を引き寄せたのもこの若者たちです。そんな四人の姿が目に浮かび、私たちもその場に一緒にいるような温かい興奮に見舞われます。

ちなみに、この詩「なみ」は、姉妹紙誕生のきっかけにもなりました。北海道の当時「六花亭」小田豊四郎社長がこの詩に感動し、翌年には『サイロ』を発行して姉妹紙第一号となったのでした。

そうした手ごたえを内外から感じ、創刊の翌年には「はるかなる流れ」のテーマで二周年記念構成展が開催されました。

「青い窓」は創刊当初から反響が大きく、詩人菊池貞三は毎号に感想をよせ、小野町出身のやがて「高校三年生」などの作詞家となる丘灯至夫、童画画家の初山滋、会津本郷出身の詩人羽曽部忠たちから多くの励ましが寄せられ、当時福島民報社勤務で後に詩人として活躍する三谷晃一は常によき理解者でした。

また、県内の詩人高橋新二や大田隆夫、中学校の教師であり文学仲間であった蛯原由起夫たちの協力も大きいものがありました。

「青い窓」が誕生して三年目、昭和三十六年一月五日付の読売新聞全国版にはこの運動が紹介されて作曲家高木東六の目に留まり、「朝やけ空」など五編に曲が付けられて「組曲青い窓」が誕生したのです。

朝やけ空

五年　工藤　ひなえ

つめたい空　暗い空
まだお日さまの　でない空
東の空から　いっぱいにひろがる
ピンクの空　朝やけ空

つめたい空　暗い空
雨にならないで　下さいと
祈ってみたいような　どこまでもきれいな

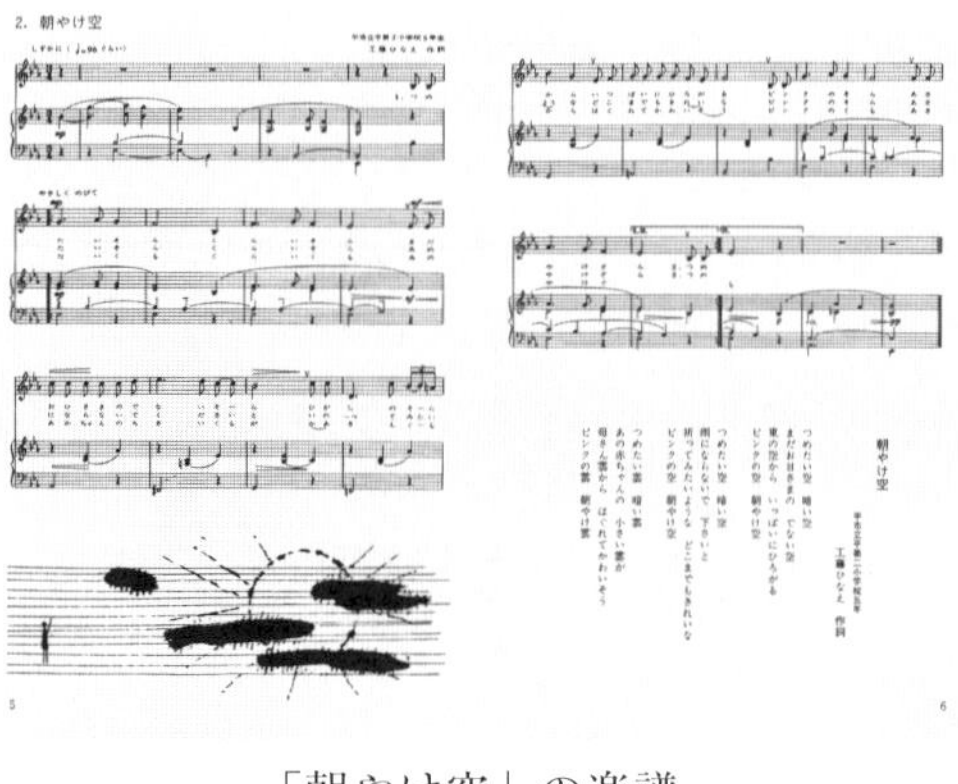

「朝やけ空」の楽譜

ピンクの空　朝やけ空
つめたい雲　暗い雲
あの赤ちゃんの　小さい雲が
母さん雲から　はぐれてかわいそう
ピンクの空　朝やけ雲

昭和三十五年十一月、新設された柏屋洋菓子店の二階に、緑のとんがり屋根、踏むとメロディが流れるオルゴール階段、自由に絵を描き、本が読めて、粘土細工を楽しめる「アンデルセンギャラリー」が誕生していました。そのオープンから二年目の昭和三十七年、アンデルセン記念館の館長スペンラーセンがこのギャラリーを訪れました。その時にアンデルセン童話の時代背景を聞いた佐藤先生は、一つひとつ積み重ねていくことの大切さを学んだといいます。

昭和三十九年には、谷川俊太郎・佐藤浩編集による『こどもの詩集青い窓』が出版されました。谷川俊太郎は「あとがきに代えて」の中に、「私はこの本を単なる児童詩の作品集にしたくなかった。「青い窓」という一つの運動、教育のためでなく、むろん宣伝のためでなく、まるで一つの吐息のように、それを思わず口ずさんだ歌のように、自然に生まれた魂の運動、その流れ、響き、広がりをそのままとらえたいと思った」と書いています。

そして、豊かな子どもの詩と大人たちの温かさに包まれて健やかに育ち、間もなく十年の節目を迎えようとする昭和四十二年の春、佐藤先生は衝撃的な詩と出合います。それは、養護学校中学部三年の女の子が書いた一編の詩でした。

自由だったら

中等部三年　栗城　シゲ子

〈この肩が〉
もし
この肩が
この両手が
十本の指が
自由に動いたら
私は何をするでしょう

もし　ほんとうに
肩が、両手が、十本の指が
自由に動いたら
おばあさんの背に
とびつくでしょう
そして
一日中　肩をもむでしょう
次の日は
髪をすいてあげるでしょう
おいしいお茶を入れてあげるでしょう
もし、ほんとうに
この肩が、両手が、十本の指が
自由になったら
私は　何をするでしょう

〈この口が〉

この口が自由だったら
一日でも　一時間でも
この口が自由だったら
私は　何を話すだろう
一日でも　一時間でも
この口が自由だったら
歌を歌いたい
本を読みたい
あの野原でさえずっている
小鳥のように
レコードのように
ピアノのように
すべるような発音で
思いきり歌い　詩を朗読したい
一日でも　一時間でも
この口が自由だったら

私は何を話すだろう

〈話そうとすれば〉
話そうとすれば
口びるがわななく
喉の奥でゴーッとなる
それでも話そうとする私
取ろうとすれば
突っぱる腕　絶えず動く手
反対の方へ行ってしまう手
それでも取ろうとする手
書こうとすれば
全身がこわばり
左右にふるえる手先
それでも書こうとする私
時間がかかる

だが
話した後の
取った後の
書いた後の
私の
このよろこび
このよろこび

脳性小児マヒに侵されたこの作者の目と耳ははっきりしていましたが、口も体も自由が利きませんでした。それでも、おばあちゃんは隣の一歳年上の子が使っていた教科書を譲り受け、解っているのかいないのかも分らないままに、毎日のように読んで聞かせ続けたといいます。やがて開校された養護学校に進んだ時、先生と一本の鉛筆の出会いによって、おばあちゃんの読み聞かせていたすべてが女の子の頭に刻み込まれていたことが分かったのです。この詩は、その子の表現です。

この詩はまた、佐藤先生に「表現層」と「イメージ層」というヒントをもたらし、「言

企画展「子供は見ている」

葉」による表現より、「もっと深いものが内側にある」と、児童詩の奥深さを教えてくれるものとなったといいます。つまり、「表現層の教育は可能だが、イメージ層はその人なりの感受性や感覚に負うものが大きい」という気付き、「子どもに詩を教えるつもりが教えられた」という気付き、「子どもと同じ背丈になれば、そのイメージ層に入っていける」という気付きだったのです。そして、子どものすごさに気付かされた佐藤先生は、その「イメージ層とは何か」と自分に問い続け、辿り着いたのは「カオス」（混沌）でした。

「青い窓」十年が過ぎた昭和四十三年、青い窓十周年記念構成展「子供は見ている」が開催されました。

【自分に出会う】（昭和四十四年から昭和五十三年）

十一年目の出発に、「詩の教室」が誕生しました。これは、子どもを詩人にしようとか、詩を教えるといったものではなく、生き方に詩を持つ「イメージ層」の耕しにあったのかも知れません。この、「詩の教室」については後に詳しく記します。

さて、子どもの詩で埋め尽くされるようになった「青い窓」のスタイルは定着し継続されていましたが、新たな視点や活動も生まれていました。

昭和四十五年、民俗学者宮本常一の「断絶は無知から生じる」、「物は壊れるから、どう改良するか知恵を絞る」「壊れたものが文化をつくっている」という言葉に触れて、佐藤先生は「青い窓」の原点に返って見つめ直す機会を得たといいます。そして、「心を含め、子どもの実像をとらえましょう」「もっと、無知を大切にしましょう」と、大人たちに語りかけ始めたのです。

昭和四十八年には児童詩集「コップの底のお母さん」、佐藤先生自身の小説「坂の多い村」が出版されました。

二十周年記念構成展は、「キャベツの中の宇宙」というテーマで昭和五十三年に開催されました。キャベツの中にある宇宙とは何でしょう。この頃、佐藤先生の一つのキーワードに「自分と出会う」があります。次の二つの児童詩の中にそのヒントがあるようです。

一つのごみ　　　六年　赤井　真由美

昨日、橋をわたっていた
ポケットに一つのごみがある

軽いけど、このまま入れておくのもしゃくだ
私はそう思って、ごみを川に捨てようとした
手を放そうとして
〃いけない〃と思い
ポケットにガサッとゴミを入れた
前に川そうじをしたところだ
ゴミを川に捨てることで怒っていた私なのに
こういう気持ちでつい捨ててしまうのだろう
私は、恥ずかしくなった
人の心ってせまいなぁと思って
家につっ走って帰った。

すてられてしまうくつ

四年　宗形　あけみ

ふろ場を通った

私のくつがおいてあった
さっそくあらいだした
母が来て
「すててしまうからあらわなくていいよ」と言った
でも、そのくつをはいていると
リズムがでてきて
うきあがるようになる
そのくつがなくなると
さびしい日が続くだろう
ぼろのくつも
みなしごみたくすてられるより
きれいにすてられるほうが
きもちがいいだろう
私はすてるくつを
きれいにあらってやった

企画展「キャベツの中の宇宙」

佐藤先生は、「青い窓」百号を越えた頃から人間観が変わってきたといいます。子どもは小さく未発達なものと大人には捉えられがちですが、児童詩を通して人間の本質を教えられることが多いと感じるようになっていました。子どもに目線を合わせて、「視る」「考える」という姿勢は、自身の一つの皮を破る事でもあったのです。

先の詩のように、ゴミを捨てようとして、自分が川そうじをしたときのことを思い出した子、くつをはくリズムの中にくつへの愛情をもつという自分と出会った子。キャベツの中にある宇宙は、人間の本質といえるのかも知れません。自分の本質、「自分に出会う」ということです。

目で聴けば、心の言葉が見えるのです。

【不易流行】（昭和五十四年から昭和六十四年）

二十年という年月は、「青い窓」の存在を確実なものとしました。昭和五十五年の「福島県文化振興基金第一回顕彰」「第二十回久留島武彦文化賞」をはじめに、昭和五十九年には「郡山市文化功労賞」の受賞と相継ぎました。また、昭和五十六年に自身の子ども向け伝記『青い窓からひろがるうた』が発刊され、児童詩集『お父さんはとうめい人間』が六十一年に、『ママもっと笑って』が翌六十二年に出版されました。児童詩集の、

父親・母親を題名としたことからもわかるように、戦後復興のツケがそろそろ見え始めた昭和の終りの頃でした。「子どもは土を見る。大人は土地を見る」便利さを求め自然を見なくなった大人に、「子どもは何を示唆しているか」という問いかけでした。

　昭和六十三年の一月、三十年間の積み重ねをもって、ラジオ福島「子どもの夢の青い窓」の放送が始まりました。そして、まる三十年の節目となる五月にエッセイ集『子どもの深い目』が出版されました。

　その中には、次のように時代背景が写されています。

一、子どもから遠ざかったもの―自然、働く父の姿、母の笑顔

二、子どもに近付きすぎたもの―公害、マスコミ

三、子どもにのしかかってきたもの―学歴社会、テスト、宿題、習いもの

四、子どもから消えつつあるもの―ガキ大将と遊び集団、三世代家族、家事労働

約六千編の詩を整理した中に浮かび上がってきた光景でした。「青い窓」三十年を振り返り児童詩を読み返した時、変わってしまった環境や流行がありました。しかし、まったく変わっていない子どもの心情もくっきりと見え、変わりゆくものと変わらないもの

「不易流行」がこの頃の佐藤先生には見て取れたのです。

【随所に主なり】と【人間の根っこが見える】（平成元年から平成十年）

三十一年目から時代は平成に入り、ここからの十年間は、五年、五年の大きな節目を持った十年間です。前半が「随所に主なり」後半が「人間の根っこが見える」です。

実は、私たちもこの辺りから「青い窓」と関わりが生まれています。

さて、ここから更なる受賞と出版、また社会的な活動も広がり大きくなっていきます。

平成二年には、「青い窓・お母さんの会」が開設されました。

三十五年の節目となる平成五年、「青い窓　全国サミット」が、郡山市民文化センターで開催されました。この頃には、北は北海道から南は沖縄と、「青い窓」運動の趣旨に賛同する姉妹誌が生まれ、帯広、青森、水戸、金沢、横浜、大阪、佐世保、大分、那覇の九県に繋がっていました。

三十五周年記念実行委員会を主体として、福島民友新聞社主催、福島県、福島県教育委員会、郡山市、郡山市教育委員会、読売新聞社、福島中央テレビ、ＮＨＫの後援という、子どものために多くの大人や社会が手を繋いでの開催でした。

フォーラムに先立って、全国代表者会議が開かれました。その中で「全国児童詩連絡協議会」が結成され、毎年定期的に全国各地で「児童詩サミット」を開催することも決められました。第二部のフォーラムでは、佐藤先生の基調講演が行われ、作曲家の高木東六が作曲した「組曲青い窓」が、高木東六自身のピアノ演奏にFCT郡山少年少女合唱団の歌声に載せて披露されました。そして、平成六年には「青い窓USA」の誕生と、海を越えて繋がっていくのです。

さて、この三十五周年記念のフォーラムでの佐藤先生の基調講演は「地球に根ざす」というテーマでした。そして、その時のキーワードが「随所に主なり」です。どの県どの地域で暮らそうとも、自分の住むところ居るところが中心地であり一人ひとりが主体なのだという、全国サミットにふさわしくまた主体としての自分を確認する機会ともなりました。

児童詩サミット

そして次は四十周年の記念事業へと移っていくのですが、この間に、佐藤先生は幼児の言葉、口頭詩に出会っていきます。平成四年、会津の本郷幼稚園から毎月口頭詩が「青い窓」に届けられるようになり、児童詩とはまた異なる「口頭詩」の魅力に引きこまれていきました。三十数年児童詩と接してきた佐藤先生や同人にとって、幼児の言葉は児童詩以前の「人間の根っこ」が見えるものだったのです。まだ文字を持たない幼児の無邪気な言葉は、言葉にしろ発想にしろ、まさに人間の初期、根っこが見えるものでした。その邪気のない言葉たちは、「青い窓」四十周年記念・幼児の言葉「あのね」展の開催へとなっていきました。

遠く会津から運ばれた幼児の言葉は、篠崎賢一の手により丸や雲型に切り取られた段ボールにコンテの文字で置かれました。平成十年四月二十八日から五月十七日まで開催された「あのね」展は、多くの大人たちに「人間の根っこ」を無邪気に語っていました。

さて、四十年目の佐藤先生の呼びかけは、こうでした。

「内なる自分を大切に、時間をかけてゆっくり生きましょう」

【青い窓と五十年】（平成十一から平成二十年）

平成十一年、佐藤先生七十八歳。そこから十年、八十八歳までの活動となります。「青い窓」四十一年目の平成十一年には、「おきなわ青い窓」主催の第三回全国児童詩サミットが行われています。そして、『遠くへいかないでお母さん』を出版しました。

佐藤先生は、この辺りまでを主な活動としましたが、講演回数を減らし、平成十七年には二十年余り続いたラジオ福島の「子供の夢の青い窓」への出演を終え、「青い窓」同人代表の橋本陽子が引き継ぐこととなりました。寄る年波が佐藤先生にそう決断させました。その後の「青い窓」の事務局も橋本陽子に引き継がれ、ラジオ放送も継続されていきます。初代の同人もまた二代目へと引き継がれ、豊かに流れは続いていくのですが、佐藤先生はその頃療養の身にありました。

平成二十年五月、「青い窓」は五十周年を迎え、そのお祝い会が十月十二日に開催されることになりました。そのお祝いの時、私たちには訃報が届いていました。その時を見届けるように佐藤先生の命は閉じられたのです。何とも見事な、児童詩と共に生きた五十年を、五十周年のお祝い会に合せたような命の閉じ方でした。

ご家族の意向もあり、お祝い会は中止されませんでした。むしろ佐藤先生がお祝い会に駆けつけてくれたように誰もが思い、ゆっくりと「青い窓」と佐藤先生を振り返り語り合いました。

「青い窓」の一つの時代の幕は下り、二幕目へと引き継がれることとなったのです。

詩の教室

「詩の教室」などと聞くと、一見「よい詩の書き方を教える」というようにもとられがちですが、教える、指導するなどといった活動ではありませんでした。

「詩の教室」では、《詩の鑑賞》や《ことば遊び》が中心を成しましたが、子どもたちの発言を大切にしました。お互いの発言を聞きながら、子どもたちも知らず知らずのうちにものの本質や多様性への気付きがあり、大人たちも子どもの言葉にハッとさせられることも多くありました。佐藤先生の「子どものことは､子どもに学ぶ」という姿勢が、そこにありました。その活動は、昭和四十三年九月から約四十年に及びました。

その、「詩の教室」が始まった昭和四十三年といえば、「青い窓」が十年目を迎えた時でもあります。「詩の教室」は郡山駅近く柏屋二階の「アンデルセンギャラリー」で始められたのですが、子どもたちが集うには交通量が多く危険なため、商工会議所五階に場所を変えて行われることになりました。しかし、やがてそこも閉鎖され、佐藤先生の自宅へと移っていきます。

毎月第二土曜日、幼稚園児から中学生までの平均十四、五人の子どもとそのお父さんやお母さんも加わり、午後三時から四時までの一時間を楽しみました。

詩人の後藤基宗子が進行役として会をすすめていきました。

「詩の教室」の中身を見てみますと、たいてい前半には詩の鑑賞がおこなわれています。まず、前月のリーフレットに掲載された詩の中から一、二編を選び、じっくり読みます。そして、一人ひとりの体験と対比させ、それぞれの感想を話し合うのです。

一人ひとりが自分の体験に詩を取り込むことで、詩に描かれている状況の観察が細やかになり、心の動きにも目が届くようになってくるのです。

後半は、ことば遊びです。


頬杖をしながら考える。

天井を見ながら考える。

机につっぷして考える。

ノートを閉じたり開いたりしながら考える。

両目を閉じて考える。


子どもたちは様々なスタイルで考え、その考えたことを言葉にします。佐藤先生は子どもたちのそれぞれの言葉を受け止め、結論めいたことを言うことはありませんでした。その後、場所は柏屋に移り、おやつのケーキが提供されるようになりました。おやつ目当てにやって来る子どももいて、それはそれで楽しい時間となったのです。

詩の教室の４つの柱

①みんなが先生、みんなが生徒。
②答え（正しい答え）がひとつだけのものは学ばない。
③計画はたてない。
④詩の教室は詩を学ぶのではなく、詩を通して生き方を考える。

学校教育の中での詩の指導を思い浮かべると、すべてが真逆のようにとれますが、ここには、佐藤先生の子どもの詩作のための土壌作りとしての工夫があったのです。その柱の一つひとつを見てみようと思います。

①みんなが先生、みんなが生徒。

誰かが先生となって指導するのではなく、共に学びあうという姿勢です。童謡「めだかの学校」の歌のように誰もが先生であり、生徒だったのです。

「楽しい」はキーワード、楽しいは「遊び」。遊びは自らが創りだす試み。遊びは遊び自体が目的です。自発的で開放度が高く、自由度が高く、快適で楽しい、時間が経つのも忘れてしまうほどの楽しさなのです。だから、詩の教室では「遊ぶ」ことが大切なテーマだったのです。その遊びの例を次に挙げてみます。

「しりとり」

しりとりは、小さい子どもから大人まで誰でも楽しめるものです。時に、高学年の子や大人には、「赤いも」のとか「丸いもの」などの条件やハンデをつけたりもしました。また、いつも「ん」は仲間外れになっているから、「ん」の付くものでしりとりをすることなどにも挑戦しました。

「あたまとり」

「尻とり」があるなら、「頭とり」という遊びも作ろうということになります。例えば「まど」は、「まが付く、どが付くなあに？」と問いかけると、子どもは直ぐに〈真っ赤な、ドレス〉とか〈まあるい、ドーナツ〉〈毎日、どろんこ〉などと答えてくるのでした。

「住所ゲーム」

住所ゲームは、住所を言葉で作る遊び。「県、市、町」の三点で、住人にふさわしい住所を作ります。例えば赤ずきんちゃんなら、〈森県、お婆ちゃん市、オオカミ町〉となり、つくしだったら、〈春風県、原っぱ市、背くらべ町〉となる。子どもは思い思いの住所を楽しそうに作ってしまうのです。

②答え（正しい答え）がひとつだけのものは学ばない。

「ほめてしかって」という遊びがあります。例えば「水」を考えるとき、「水をほめるときはどんなとき？　叱るときはどんなとき？」と問いかけます。すると子どもは、「ほめるのは野菜を育てるとき、でも雨がたくさん降ると洪水になっちゃうから叱るよ」と答えてきます。また、「水がないと泳げないから、プールの水にありがとう。叱るのは、コラッ水、泥の中に入ったら飲めないじゃないか！」という答えもあります。

命の水であったり、水害をもたらす水であったり、遊び友達であったりと考えをめぐらせていく、あくまでも本人の気付きを待つものでした。この遊びには、「答えは一つ」「正しい答え」というものはなく、子ども一人ひとりが生み出す無数の答えが存在するのです。また、「ほめる」と「叱る」という課題は、事象の多面性に無意識に気付かせます。

もし「水をほめる時」という一つの課題ならば、脳は一方からのみ考えます。しかし、「叱る」という反対の行為を合せられると、脳は多方からの刺激を要することになり、ものごとには表裏があり多面があるということに気付いていくのです。

佐藤先生は、一人ひとりの子どもの発言を大切にして、決して否定することはありませんでした。一人ひとりの答えや気付きに、ただ優しく頷いたのです。

③計画はたてない。

スタートからゴールまでのことを計画しない。これは、新鮮な出会いを重ねていくことの楽しさです。

あるとき、「カラス瓜のランプ」という詩を鑑賞していた時のことです。作者の父親が子ども時代を思い出してカラス瓜のランプを作ったが、そのランプの目鼻立ちが子どもの頃の顔に見えたという内容の詩でした。子どもにこの詩を読んでもらったところ、「カラスのランプ売り」と間違えてしまいました。佐藤先生は、とっさに「リレー童話」で遊ぶことにしました。

最初の子は〈ランプ売りのカラスがランプをくわえて、八幡様（神社）の森に集まってきました。だから西の空が真っ赤です〉次の子が〈カラスが一羽、ランプをくわえて、佐藤先生にランプを買ってくださいと来ました。先生はランプを買ってやりました〉といった具合に、話は次々と展開リレーされ、最後の子が〈最後のカラスが佐藤先生にランプを買ってもらったら、八幡様の空は夕やけが消えて夜になりました。おわり〉と、みごとな童話になりました。

子どもは耳からの聞きなれない言葉を、知っている言葉の文字に変換してしまうことが多く、また、連想は子どもの得意分野でもあります。ただ、リードする側は、「売り」になってしまった言葉を「瓜」に戻すこともできます。むしろ、詩の鑑賞ならば「瓜」に必死で戻したいところです。しかし佐藤先生は、無計画の計画にすぐさま移行し、「詩の鑑賞」というスタートは見事に「リレー童話」となり、話の先が見えない展開となっていきました。まさに、新鮮な出会いを重ねていくのです。

④詩の教室は詩を学ぶのではなく、詩を通して生き方を考える。

「よく見つめ、よく考え、丁寧に生きましょう」と、佐藤先生は常に語りかけていました。子どもの生活の中から感動したこと、発見したこと、疑問に思ったこと、そこから児童詩はうまれてくるのです。子どもにとっても、学校の授業とは違った学びの場でした。

たくさんのことば遊びを通して、子どもたちは広く深く創造的な考え方を知らず知らずのうちに身に付けていきます。結果がすぐに目に見えて現れるわけではありませんが、目に見えない積み重ねこそが大切なものなのです。

さて、「詩の教室」に通っていた子どもの詩をみてみます。

生れるもの　　小二年　まつもと　ひろと

木で　紙が生まれる
ペンで　字が生まれる
二人の右手で　あく手や
うでずもうが生まれる
たし算をかさねれば　かけ算が生まれる
ピアノで音楽が生まれる
はなづまりがなおれば　においが生まれる
走れば走るほど　風が生まれる
考えれば考えるほど　詩が生まれる
ふとんでねたら　今日のおわりがうまれる

私の席

小六年　横山　育

満員バスに
おばあさんが乗ってきた
ポニーテールの女の人が
「すぐ降りますので」
と席をゆずった

でも　その女の人は
次の停留所でも
四つ目の停留所でも降りなかった
私は胸がいっぱいになって
いつもより一つ早い停留所で
バスを降りた

あのポニーテールの女の人
私の席にすわってくれたかなあ

どの子どもの詩も、ものごとを反対側から見る目や多面的な見方、自分の内面としっかり向かい合っている姿が詩の中にみられます。

「詩の教室」のなかでは、全く発言ができない子もいます。〈待って、待って、今考えているから〉と言う子。口をモゴモゴさせ、じっと先生を見ている子もいます。「たとえ言葉にならなくても、その子のなかでは皆と同じ問題に取り組み、内なる対話をしているのですよ。いずれ、書くという手段でなくても絵や音楽や演劇などジャンルを越えた自己表現がされることでしょう」とは、佐藤先生の根本をよく理解し「詩の教室」の運営指導にあたっていた後藤基宗子の言葉です。そしてまた、次のように当時の「詩の教室」で行っていた「青い窓のゲーム」を紹介してくれました。

言葉みつけゲーム
季節を見つけよう
デコレーションゲーム
サンドウイッチゲーム
しりとりゲーム
リングしりとり
頭とりゲーム
擬声語・擬態語ゲーム
トンネルゲーム
エスカレーターゲーム
たんぼゲーム
イメージリレー
ネーミングゲーム
言葉時計・言葉カレンダーゲーム
変化ゲーム
パラドックスゲーム
共通点・相違点さがしゲーム

単語カードゲーム
住所ゲーム
連想ゲーム
定義付けゲーム
設計ゲーム
パロディゲーム
リレー童話作り
劇ごっこ（高学年向き）
コップに何を入れよう
野菜の家族
動物の適職
一行詩
色々ゲーム（感情を色で）
数え歌を作ろう
カルタを作ろう
「ん」の付く言葉をさがそう等々。

ゲーム・遊びの一例

—言葉みつけゲーム—

《体の中で一つだけの言葉・多い文字の言葉》
- ■目（め）・歯（は）・手（て）・毛（け）
- ■右足の爪・十二指腸など

《色集め》
- ■赤ートマト・苺・赤信号・赤い風船など
- ■白ー雲・牛乳・ヤギ・雪など

《季節みつけ》～だから～だ
- ■アジサイが咲いたから、梅雨だ。
- ■雪が降ってきたから冬だ。

《条件付きしりとり》
- ■丸いものーボール⇒ループ⇒プリンのふた
- ■赤いものーポインセチア⇒朝焼け⇒鶏頭
- ■「ん」がつくーミカン⇒カメレオン⇒時間

《「ん」のつく言葉をさがそう！》

あ	ん				
み	か	ん			
か	つ	ど	ん		
ま	め	ご	は	ん	
た	ん	た	ん	め	ん

《「ん」のつく言葉―「電車」》

せ	ん				
じ	か	ん			
う	ん	て	ん		
し	ゅ	う	て	ん	
し	ん	か	ん	せ	ん

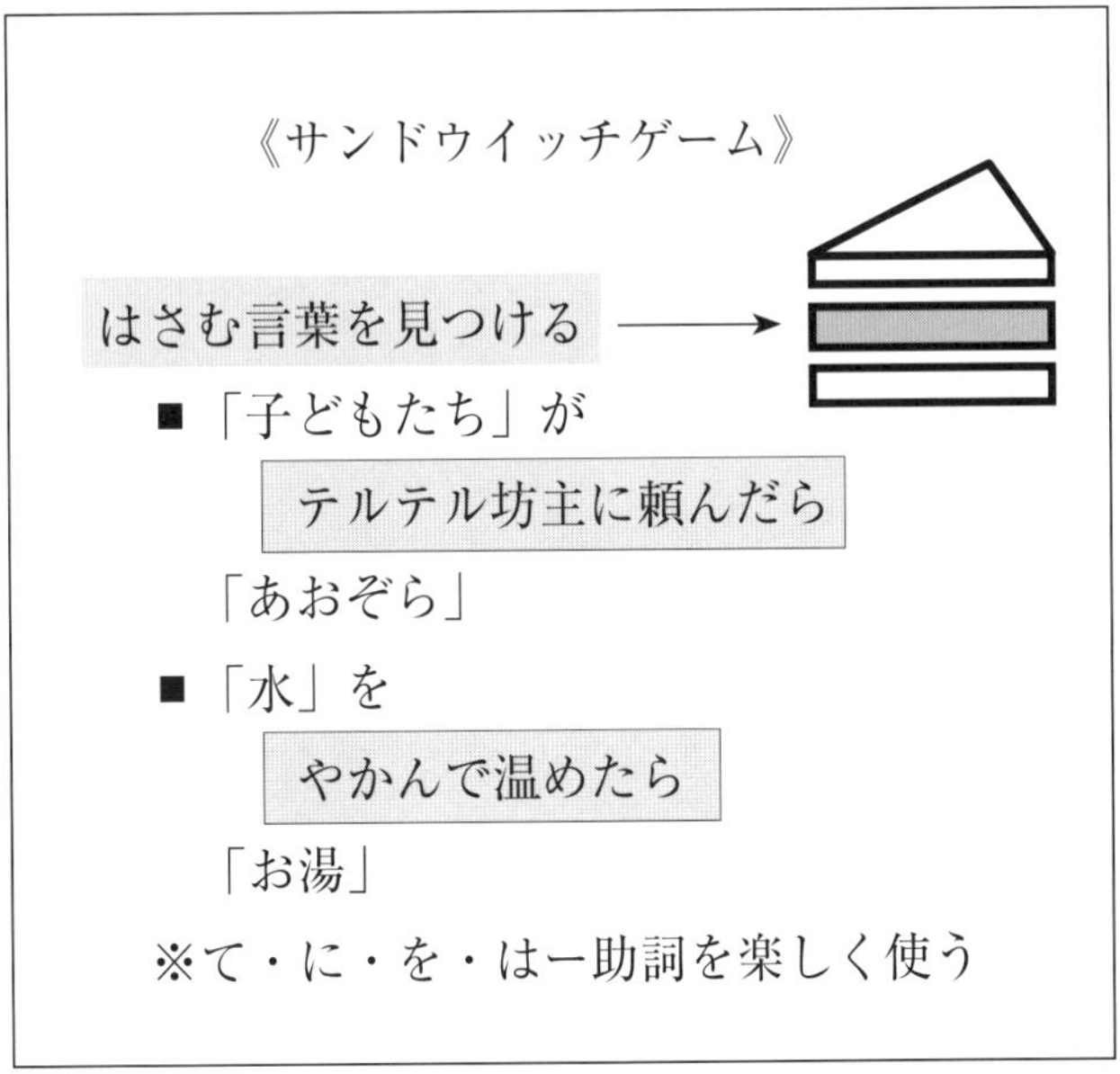
《サンドウイッチゲーム》
はさむ言葉を見つける
■「子どもたち」が
テルテル坊主に頼んだら
「あおぞら」
■「水」を
やかんで温めたら
「お湯」
※て・に・を・はー助詞を楽しく使う

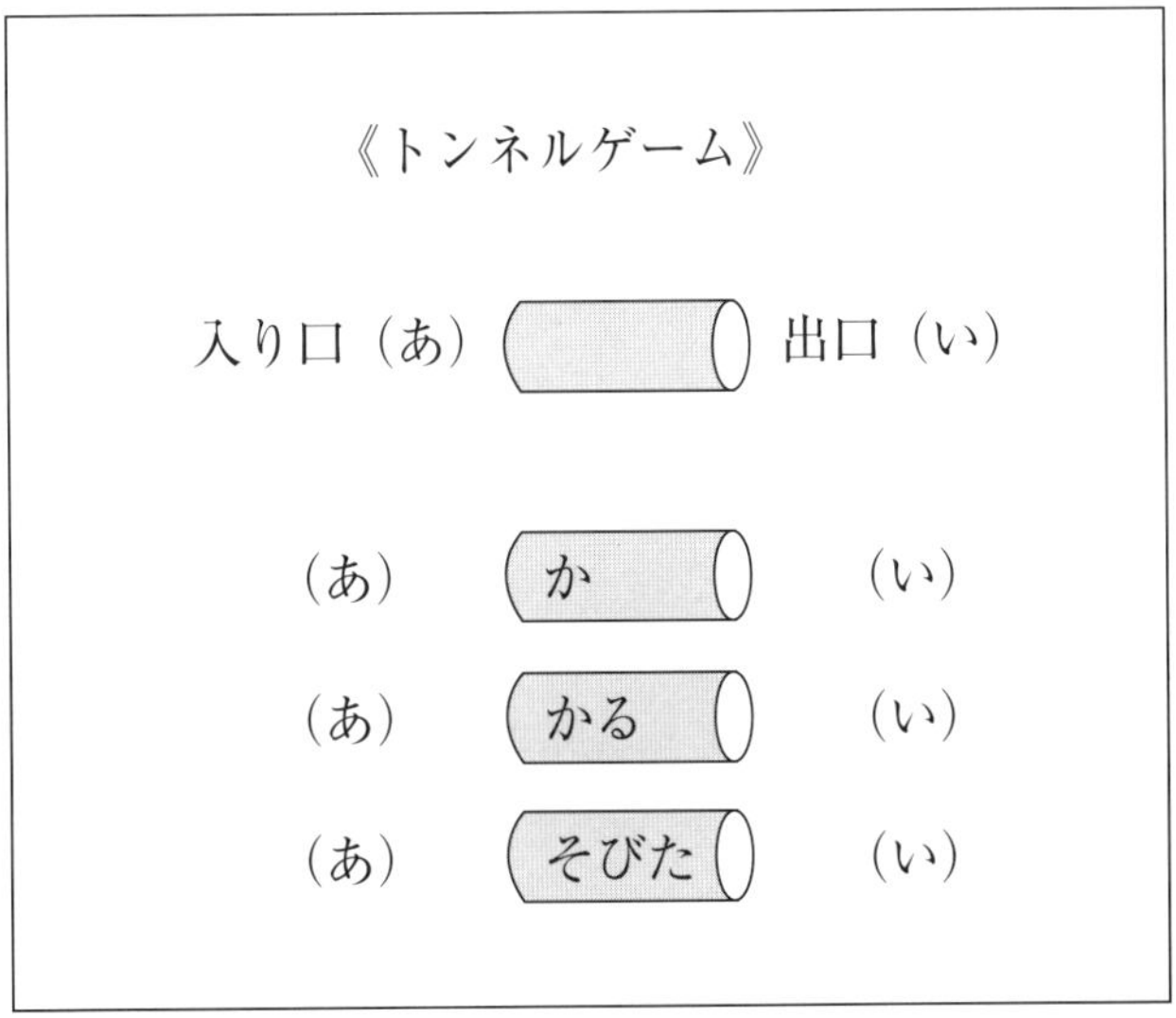
《トンネルゲーム》
入り口（あ）
出口（い）
（あ）
か
（い）
（あ）
かる
（い）
（あ）
そびた
（い）

《あだ名つけゲーム》

春の星のあだ名…ポアポアネ　ポポンタール

《リングしりとり》

（み）ごとに（み）のった（み）かんが（み）っつ

《頭どりゲーム》

■「ま」がつく「ど」がつく、なぁに？
「ま」んがの「ど」らえもん
「ま」いにち「ど」ろんこ

■「さ」がつく「ひ」がつく「さとうひろし」の紹介
「さ」わやかな「ひ」と
「さ」っそうと「ひ」とりゆく

《デコレーションゲーム》

スポンジ　―　犬
犬に デコレーション しょう！
・白い　・大きい　・うるさい

スポンジ　―　お母さん
お母さんに デコレーション ！
・優しい　・お料理上手
・時々怖い　・いい匂いがする

《ほめて　しかって　ゲーム》

■一つのものをほめたり叱ったりする（長所と短所）

「水」
- ほめる…・飲める　・植物を元気にする
  ・電気を起こす　・涼しくする
- しかる…・運動会の日雨を降らせる
  ・大洪水を起こす

「火」
- ほめる…・たき火ができる　・料理ができる
  ・温かい　・お風呂に入れる
- しかる…・やけど　・山火事　・火事

《パロディゲーム》

■桃太郎が、アフリカの桃太郎なら…
けらいは、ライオンとチータとゴリラ？
■もし、桃太郎が負けたなら…？
■未来の桃太郎は何してる…？

《回文作ろう！》

・こねこ　・うたうたう　・とまと
・みるくとくるみ　・しんぶんし　・きつつき

《住所ゲーム》

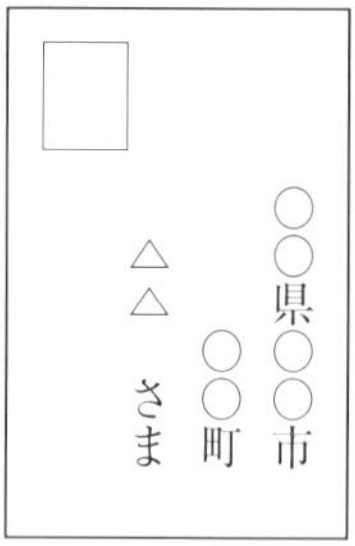

「赤ずきんちゃんの住所」
・森県おばあちゃん市オオカミ町

「テレビの住所」
・アンテナ県チャンネル市ケンカ町

「つくしの住所」
・春風県野原市背くらべ町

《田んぼゲーム》

は	な
る	す

な	つ
み	ち

あ	ゆ
か	き

こ	と	ば
と	だ	な
ば	な	な

つ	み	き
ば	と	ん
め	ん	こ

お母さんの会

めだかの学校

一、めだかの学校は　川のなか
そっとのぞいて　みてごらん
そっとのぞいて　みてごらん
みんなでおゆうぎしているよ

二、めだかの学校の　めだかたち
だれが生徒か　先生か
だれが生徒か　先生か
みんなでげんきにあそんでる

すずめの学校

チイチイパッパ　チイパッパ
すずめの学校の先生は
ムチをふりふり　チイパッパ
生徒の雀は輪になって
お口をそろえて　チイパッパ
まだまだいけない　チイパッパ
も一度一緒に　チイパッパ
チイチイパッパ　チイパッパ

「どちらの先生がいい先生か？」と問うよりも、背後に時代背景があります。

「すずめの学校」は戦前に作られた歌で、「めだかの学校」は戦後の昭和二十五年に作られました。ムチをふるって命令されたことに従って突き進む時代は過ぎ、先生も子どもも自由にのびのびと過ごせる民主主義の時代を人々は過ごせるようになったのです。

講座での佐藤先生の声をいくつか文章に載せてみます。

【こどもと自然】 平成二一年四月十四日

「子どもは変わってないのですよ。変わったのは環境ですね。自然空間の喪失や学歴社会の方が問題ですね。緑は地球上のすべての源泉です。自然から生まれた詩は何年過ぎても解りますね。子どもは植物から大きい自然の摂理を感じとっていますす。

それから、ライオンの育児を考えてみましょう。抱擁期はしっかり抱っこして、準備期はそこから降ろし、独立期には一人にしますでしょ。そうそう、甘噛みを教えますね。哺乳瓶は甘噛みは教えられないね」

【仁義と感謝】 平成二三年七月十三日

「子どもを量的にとらえると、例えば体力とか、経験とか、体格、技術などかな。

そうすると、未熟ってなっちゃうでしょ。質的にとらえてみることが大事ですね。特に思春期は視点が変化する時期だから、外から内へ本質を観ます。見るから観るへと向かい、本質に心が向かうんですね。だから、〈私って何?〉〈人間って何?〉という混沌に包まれ、まずは反抗してから納得しようとしているんです。大人のいやらしさ、きたなさが気になっちゃうから否定主義になってね。それは、実に透き通っている時、さなぎの時代なわけです」

草野心平と岡真史の話

「草野心平さんは、食物に対して常に仁義を示している。いのちを食べて生きていく人間として〈あなたのいのちを戴きます。美味しかったよ。ありがとう〉を言うんですね。

作家の高史明は、十二歳で自死した息子岡真史とのことを振り返って、〈人に迷惑をかけるな。自分のしたことは自分で責任を負いなさい〉と、子どもに教えたのは間違いだった。他人にやっかいにならずに生きてはいけのだから、〈ありがとう、感謝をしなさい〉と教えるべきだったと話していました。

子どもの自発性というか、子どもが自ら解っていく・気付いていくってことが、教えることよりも大切なのですね」

【育つこと育てること】平成十年二月十四日

「―子どもが自ら育つことには畏敬の念で、育てることには謙虚に―

まだ言葉を持たない赤ん坊には、保育者は赤ん坊を傍に置いて仕事をしています。赤ん坊の様子を目で聴き、耳で視ているのです。耳に聴こえない言葉は目で聴かねばなりません。しかし、成長するにつれて、少しでも良い子にしたいと調教的な気持ちも入ってきます。子どもの側からすると、自分の好きな両親や先生が自分に課してくる要請と、自分の欲求との対立に苦しみながら正しく生きたいと願っているのでしょう。

躾と仕付け、双方があるでしょ。躾は、身を美しくすることですね。仕付けは仕付け糸、美しく縫い上げるために縫うもので、着る人がそれを外して纏うのです。子どもがいずれ外すことを考えて、仕付けをすると考えてみませんか。それから、水は高い方から低い方へ流れますね。人間としての生き方の基本は、当然大人が教えねばならないでしょうね。親は生きることを教え、祖父母は生きたことを教えるんですね」

知

知性の人「さとうひろしの文学」

横山静恵

詩

雨蛙

静にし給へ
地球が廻る

『ほむら第一詩集』（昭和二十一年十月）

挽歌　―教へ子に―

お前そんなに小さな足で
歩けるかい　遠いんだよ

ひとりぼっちで　行けるかい
空はいつも夕暮れで
道がいっぽんつづいてゐて
鳥がゐても鳴かないし
花は咲いてもかば色だ
どこまで行ってもおんなじやうで
風なんか吹きやしないんだよ

みんなも
先生も
行くな行くなと言ったのを
お前知ってゐるのかい

そんな小さな足をして
ひとりぼっちで行けるかい

『ほむら第一詩集』（昭和二十一年十月）

夕陽

おでこの喜八は、眉をしかめ
お人好しの富治は、目をしょぼつかせて
教員室の一隅に立たされてゐた。
「もう悪戯はしません」と謝る二人を
私は許さなかった。
そして秋の陽は傾き
やがて沈む光あかあかと。
窓越しにおでこを染め、うるむ瞳に輝やいた。
その時
喜八は咽ぶように泣き始め、富治はおろおろ周邉を見廻した。
あれから三年、私の視力は夙《つと》に衰へ、一人歩きの
出来なくなったこの頃も、私は空しく凝視め続ける

あの恐ろしい夕陽を。

『銀河系』9号（昭和二十三年十一月）

その日の朝

けだるい歳月のほこりにまみれて
わたしのぬけがらは乾いてゐる

魂は
東の窓から空を見上げ
やがて空高く
朝日の輝きを叫ぶ

『銀河系』純粋詩誌改刊第2号（昭和二十二年五月）

晴　夜

だれも知らない夜を
つきは照らしてゐた
藁屋根が深々と沈み
けものたちはうづくまって眠ってゐた
つるべのふちに雪が積もってゐた
私の影が短かった

「ほむら合評会プリント№９」（昭和二十三年一月）

蛇

何かよい獲物はないかと、鎌首もたげて蛇はノロノロ草原を這って行く。

やがて日向の赫土に出ると秋であった。

素肌の冷えは快く、透きとほつた日差しは音無く滲みて降り注ぎ、鱗は虹の様に妖しく輝いた。

蛇は耳を澄まし、眼を光らせて周囲をみたが、そこにはいつもの草々と、日差しを吸った赫土ばかりで何一つとして目新しいものは見當らない。

蛇は猶も首を伸した。

木立の紅葉がそよいでゐるばかりだ。

蛇はガタリと首を垂れ、フウフウ熱い息を吐き、眼は固く閉じてもう身動きもしなかった。

「明日」を喰べ、「昨日」を排泄する毎日毎日の生活に蛇は飽き飽きしてるのだ。

それにもまして怖れるのは枯葉の觸れ合ふ冬である。

「昨日」がいくら積つても、枯れ行く草に術はない。

ああどうすればいいのだらう。

小鳥が遠く去ってから頼りになるのは風ばかり、草のそよぎ、雲の動きに蛇は漸く生きて来た。

一體どうすればいいのだ。

その時サッと冷たい風が蛇の頭を掠めて過ぎた。

一瞬、蛇の身體は痩せて、血は色褪せて眼を開く。

今のは確かに冬の風、一體どうしたらいいのだらう。

キユッと頭をもたげて睥む。

風は白々と後姿《うしろ》を見せて走り去った。

もうお別れだ、小鳥の様に―

蛇は丸い涙をポロポロ轉がした。

眞赤な息をフウフウ吐いた。

風が冷えれば日向は温《ぬく》い。

涙の中で蛇はふと自分《おのれ》の尾を見つけた。

それは涙にうるんでよくは見えないが、こよなき獲物と思はれた。

サッと飛びかかると尾はズルリと逃げる。

切先の頭を振り立て振り立て、蛇は自分《おのれ》の尾を目がけて追ひ廻る。
無数の凮が昇天する。沈黙の戦ひは青ざめ、日差しを烈しく跳ね返す。
雲は空の一角に集り、音は四隅へ逃げ延びる。
凮は雲を誘つて舞ひ上り、日差し一瞬閃いた時、牙は鋭く尾を噛んだ。
尾の痛みは首をふくらませ、牙の意志と烈しく戦つた。胴の鱗がバリバリ裂けた。
牙は身體を突きとほす毎に磨かれ、血は鼻面をヌタヌタ濡らし、赫土深く滲みて行く。
牙は自分《おのれ》の胴から首へ、首から頭へ、無理にくねつた醜悪と残忍に黒ずんだ一魂。
牙は愈々妖しく輝いた。喰ひ千切られた肉片から煙は搖れて立昇る。
その煙は遠く天空を指してスルスル延びて行つた。
日はその涯に曝された。
やがてひとつまみの牙が日向に散らばり、此の世のものとも思はれぬ光を放つ。
灰色の冬が牙を取巻き、身をかがめて覗き込むだらう。

『銀河系』第5号　（昭和二十二年十二月）

作品に触れて　1

「雨蛙」は、戦後いち早く西欧からもたらされたシュールレアリスムの手法を取り入れています。〈蛙〉と〈地球〉の取り合わせには、草野心平の影響が見え、俳句の要素も感じられます。「挽歌」は、小学校卒業したばかりで志願した少年兵なのか、満州開拓に行くのか、時勢のなかで翻弄されていく児童への切ない想いが胸に迫ります。昭和五年の昭和恐慌、同九年の東北地方大冷害は農村を疲弊させ、日本は同十六年に太平洋戦争に突入していくという時代でした。〈教へ子〉は、特定の児童ともとれますが、児童・生徒を象徴的に表現しているとも伺えます。

「夕陽」の暗喩を恐ろしいと形容しています。人間は遥かなる視線を背後に持つのだと。「その日の朝」には〈孤高の精神〉への憧れを、「晴夜」には〈無〉への傾斜が感じられます。

時代を冷静に捉える佐藤浩青年の知性は、戦時下、戦後も、フランス象徴詩のように運命と自由、理性と行為、宇宙の虚無と個人など、人間の本質的な世界を言葉で表現しようと葛藤していたのではないかと思えます。

昭和十六年七月に発足した「郡山詩人懇話會」に参加。その後、同二十二年に仲間と「ほむら詩会」の立ち上げに参加、その機関誌『銀河系』に詩や詩論を書きました。

「蛇」はまた特別な味わいがあります。蛇が自分の身体を食べ尽し牙だけが残るというこの詩は、「自意識が自意識を終わることなく対象化した果てに、無惨なかたちで異様な自我だけが残る」というヴァレリーの意識が感じられます。五百十二行の長詩「若きパルク」や「蛇の素描」などヴァレリーの詩には、〈蛇のイメージ〉が顕著であり、象徴性を高めています。佐藤先生自身も、自分の身体を傷つけながら生きてゆかねばならなかった戦中・戦後の苦悩の現実を、

ほむら第一詩集

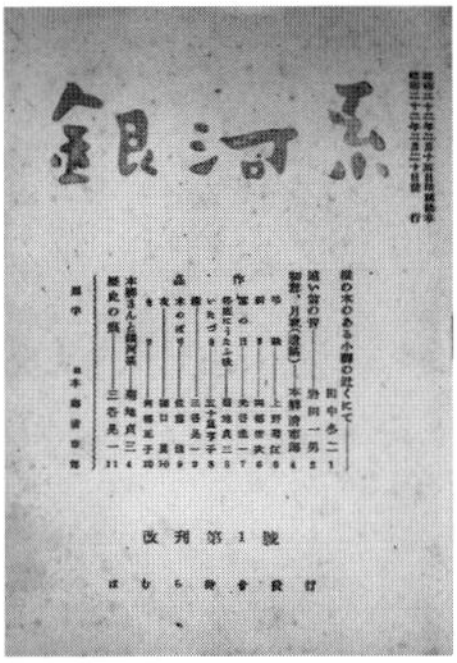

『銀河系』

自分を食べる蛇に託したのではないかと思います。

佐藤先生の知性は、ヴァレリーの知性のように、頭脳に宿った最も秀徹した視力を目指していたのでしょう。先生の知性の眼は心の内の眼となって、生涯を通して不易なものになりました。

のちの仕事となる児童詩との関わりも、障がい者との福祉啓蒙活動においても、現実をどのように認識して、本然の人間としてどう生きて行くのか。いつも冷静な知性の眼は見開いていました。束縛されない自由を根底に持ち続けた先生は、ときに一匹狼にも見えました。自由とはき違えた我が儘や、自分の無知を知らない横柄な行動を取ってしまう人には厳しい面もありました。

それぞれの人間が、謙虚であり主体性を持って、誠実に暮らせる知性を身に付けて欲しいと、佐藤先生は願っていました。

誰しも、不条理なことに出くわすことがあります。その連続かもしれない。それでも、虚しさや悔しさといった感情に押し流されずに、できるだけ冷静な眼（知性）で「ひとりの人間としてどう生きるかを問い続けていく」ことの大切さを語ってきたのです。

小説・随筆・童話

小説

へでなし

「全国方言辞典」によれば「へだいなし」とはつまらないと言う意で、県内広く使われているそうである。だが安積地方では「へでなし」と訛り、在り得ないようなことを言ったり大法螺《ほら》を吹くと、「へでなしを言うな」等とたしなめる所を見ると、出鱈目《でたらめ》とか滑稽と言う意味も含まれているように思われる。

このへでなしを言っては人々をアッと言わせ、そのくせ頓智が廻るので憎まれもしないと言う人物が、奥州は安積郡福原村に住んでいた。時代は江戸後期としか知る由もないが、その名は平兵衛、丸い顔に嵌《は》め込んだようなどんぐり眼の百姓であった。村人達は「へでなしの平兵衛」と呼んで親しんでいた。彼については次のような話が残っている。

或る夜、振舞酒を過分に馳走になった平兵衛は、千鳥足で帰る途中不覚にも宝沢沼に落ちて濡れ鼠となった。さいわい闇で誰も見ていないだろうと思ったら、翌朝村中の評判になっていた。そこで、平兵衛は村一番のお喋り、お志ん後家の所へ行った。

「いやあ、昨夜は大変だった。沼の土手を通ったらナ、河童が鯉を食っていた。そこで、俺は勇気を出して河童を退治してやった。これが退治した河童の目玉だ」と言いながら、お志んの前に部厚い掌を拡げて見せた。そこには抉り取った二粒の鯉の目があったと言う。

さて、或る年の三月、三月といっても奥州路はまだ雪の峰々が空に尖っている頃であるが、福原村を発って伊勢へ向う三人連れの旅人があった。言うまでもなく平兵衛もその中の一人であるが、旅程百日のキリリとした身支度は、女房の目にも二度惚れする程であったに違いない。

帰り乞食は覚悟のこととて、宿場宿場で美味珍味を重ねながら目出度くお伊勢詣りも終った。どうせ此処まで来たのなら熊野へ足を伸ばそうか、とも思ったのだが、田植まではきっと帰ると指切りした女房の手前、そうそうのんびりもしては居れない。それならせめて奈良の大仏だけでもと言うことになった。

奈良は九重に匂う八重桜が、のどかな光に散りはじめていた。諸国から集まって来た参詣人で、さすがの大仏殿も混み合っていた。それぞれのお国訛りで仏の巨きさを讃え、冥利を祈る中で、ただ一人、憮然として香煙を見ていた平兵衛が、吐き出すように言った。

「ああ、つまらねえ。随分でかいと聞いて来たが、これじゃ村の石仏様の膝程もあるめえ」

近くにいた商人風の男が、びっくりしてたずねた。

「あなたのお国はどちらで……」

「おらあ、奥州安積郡福原村だ」

へでなしに顔を曇らせる連れの二人を尻目に、平兵衛は更につけ加えた。

「いつでも平兵衛と言ってたずねて来なせい。石仏様へ案内するだ」

「私は富山の薬屋です。諸国を廻っておりますので、そのうち見せて頂きに上ります」

と度膽を抜かれた顔で、会釈もそこそこに立ち去った。

それから二度目の秋がやって来た。奥州路は朝から鵙《もず》の鋭声がひびいている。そんな日和の或る日、稲刈りに余念のない平兵衛の所へ、お志ん後家が息せき切って駆けて来た。

「平兵衛どん、大変だ。富山の薬屋が石仏拝みたいってやって来たぞ」

平兵衛はニヤリと髯をひと撫でしたが、女房は青くなって鎌を取り落した。泥足をさっと洗って家に行って見ると、薬屋はもう炉端でスパスパ煙草を吹かしていた。

「いやあ、久し振りだなあ」

平兵衛が声をかけると、薬屋は痩せた身を二つに折ってお辞儀した。

「江戸まで来たんですが、ついでに石仏様をお詣りして行こうと思いまして……」

まあまあ挨拶はそのくらいでと、平兵衛は酒の用意をさせた。雑魚煮を肴に濁酒をチビリながら言った。

「薬屋、お前来るの遅かったなあ。もう一年早けりゃ石仏様拝めたのによ。でも、その跡だけでも案内すべえ」

やがて二人連れ立って家を出た。送り出す女房もお志ん後家も、かまきりのように青ざめていた。宝沢沼の土手に着いた平兵衛は、石垣百五十間を顎でしゃくりながら言った。

「勿体ないが、石仏様を毀してこの石垣に造り申したのだ。民百姓のためならと、夢枕に立たしゃったそうだ」

薬屋は細い目をパチパチさせながら聞いていた。平兵衛はそれを横目で見ながら更に続けた。

「あらたかな仏様は違うなあ。一年も経たないのに、もうこんなに苔が生えなさった」

薬屋はまた細い目をパチパチさせた。

それから平兵衛は村はずれの百畳もあろうと言う石切り場に薬屋を連れて行った。そして勿体振った手付で赤とんぼの泳ぐ空を指差した。

「晴れた日にはなあ、あの辺りに石仏様の顔が拝まれたもんだ。ああ有難や、南無阿弥陀仏……」

薬屋は鶴のように首をのばして、瞬きもせずに空の一点を凝視めていた。

『坂の多い村』（昭和四十八年四月）から

きせる

辰造は、きせる掃除に余念がない。百舌のひびく縁側に腰を据えて、こよりを縒っては細身のラオに通している。それがすむと、今度は雁首や吸口を丹念に磨きはじめるのだ。だから、毎日小一時間をかける仕事になっている。

茶の間では妻のおシンと、近くの団地から遊びにやってきたおハル婆さんとの、それこそ百舌のようにに甲高いおしゃべりが続いている。二人共六十がらみの肥満型だが、特におハル婆さんの方は傍目にも気の毒な程肥っている。

「なあ、爺さん、きせるの方はいい加減にして、柿でももいで来てもらえねーかい。」

おシンの声である。辰造は生返事をしながら、今磨き上げた雁首に見入っている。いや、雁首と言うよりは、その背に刻まれた「藤丸」という名に見入っているのだ。そして溜息をついたりする。

この女持ちのきせるは、十年前に町の古道具で買ったものである。金具が銀なので値も相当に張ったのだが、ラオの朱色と銀の調和が何となく艶めいているし、それにも増して「藤丸」という名が辰造の心を捉えてしまったのだ。

役場の書記を四十年、堅物で通した辰造に「魔がさした」とでも言う外はない。彼はそれから一服毎に夢見る心地であった。何しろ「藤丸」という名から察するところ、素人ではない。趣味のいい、ほっそりとした後姿に、目鼻立ちのすずしい女人を彼は心に描いているのである。

五十過ぎてからの恋と、昼さがりに降り出した雨は、いつ止むかわからないと言うが、彼は十年の間一日も欠かさず其の幻にひたっているのである。

「爺さんったら、柿もいで来てもらえねーかい。」

おシンの催促の声である。辰造はしぶしぶ立ち上って腰を伸ばした。それからゆっくりと庭へ降りて行った。抜けるような青空である。珊瑚色に輝く柿の五個程を落して茶の間に抱えていった。茶の間では、相も変らぬ甲高いおしゃべりが続いている。どうやら、おハル婆さんが嫁の陰口をたゝいているらしい。

辰造はオカ口の脇にドッカと胡坐をかいて、例のきせるを取り出した。その時、おハル婆さんが垂れ下がる頬をピクピク震わせながらおシンに言った。

「だから、そんな時わたしゃ嫁に言ってやるんだよ。あんまり馬鹿にするなってさ。私だって左褄をとっていた時分には、藤丸姐さんと言えば　この界隈で知らない人はいなかったんだ、とね。見そこなうなよ本当に。」

「匠」機関誌『匠』№４（昭和四十九年十二月）

あーよんの滝

一

あの滝音をはじめて聞いたのは一九二六年、つまり私が五歳の秋でした。

その頃私の住んでいた家の北隣りには大きな米屋があって、秋祭りの頃から年末にかけてひっきりなしに馬車がやって来ては、山積みの新米を運びこんでいました。だから馬のいななきや米俵をかつぐ男達の掛け声、こぼれた米に群がるすずめの声などでそれは大変な賑わいでした。

子どもたちは砂利道にしゃがみこんでかいばを食べる馬の仕草に見入ったり、積荷を降ろした馬車によじ登っては、飛び降りたりして遊んでいました。そして馬車が立ち去った後の砂利道に散らばるかいばや、馬糞を見てはふと夕暮れの寂しさを胸に止めたものです。

そんなある日の午後でした。積み荷を降ろして帰って行く馬車の荷台に、シッカとつかまった私は、止めどなく流れる足もとの砂利を見ながら無心について行ったのです。

辺りの風景や方角を見るでもなく、ただ続ける歩みは、まるで足踏みを繰り返しているようにさえ思われました。そして砂利道がいきなり粘土道に変わった時、私はハッとして荷台から手をはなしました。辺りが見知らぬ風景に変わっているのです。稲刈りの終った田が広がり、農家が点在し、そのむこうの森の辺りから牛の声が流れて来るのです。

私は不安のあまり思わず大声で「あーよん、あーよん」と叫びました。夢中になって母を呼んだのです。すると、はるか斜め上の空に絹の糸くず程の光が見えて、そこから急に滝音が迫ってきたのです。

そして瞬時に私はその轟の中に包みこまれてしまいました。

折り良く通り合わせた親戚の者が私を連れ戻してくれたのですが、家に帰っても、母に抱かれてもしばらくは、泣きじゃくりが止まりませんでした。

思えばあれが私の孤独感の原風景なのでしょうか。

二

あの滝音を二度目に聞いたのは、一九四八年つまり私が二十六歳の初夏でした。

「十年程したら、もう片方の目も見えなくなるかも知れませんね、その時はその時点で手術の可能性を考えることにしましょう。」とK博士に言い渡されたのは、私が中学三年の秋でした。

それから十一年余りを経た二十六歳の五月に入ると、私の視力は日を追って落ちて行きました。そこで再び新潟のＫ博士の元を訪れたのです。Ｋ博士は念入りに診察した後次のように言われました。

「手術をしても効果はさほど期待は出来ませんね。それより見えなくても生きて行ける道をお考えになったら……。」

私は病院を辞して、発車までの時間を砂丘に遊びました。うらうらと晴れた青空の下に広がる日本海、その繰り返す波音、アトロピンのために拡大した私の瞳孔は、天を指す見事な松の芯までくっきりと見えるのです。

あぁその時でした後方はるか斜め上の空からあの「あーよんの滝」がやって来たのです。そして瞬時に私は轟の中に包みこまれてしまったのです。

それから一週間後に私は失明してしまいましたが、それにしてもあの「あーよんの滝」は宇宙のどの位置にあってどんな星座とかかわっているのでしょうか。そして、象の墓場のように孤独がきわまった時、誰もが帰って行く場所なのでしょうか。

母と呼ぶ私の幼児語「あーよん」はそんな意味を持っているように思えてならないのです。

『めだか』第4号　（平成元年六月）

童話

あーがり目　さーがり目

あーがり目
さーがり目
くるんと　まわって
ネーコの目

うたを　うたいながら　マコトくんは雪だるまに、すみの目をつけました。これでできあがりです。緑色のバケツを　ちよっと　ななめにかぶった雪だるまは　すました顔で　ポストとならんでたっています。

「いい　雪だるまだな」

と、マコトくんは、しばらくながめてから　家にはいっていきました。

　時計が夜の九時をうちました。やきいも屋のおじさんが　くるまをひいて　やってきました。プーンと　おいしそうなにおいがしてきても、雪だるまは　すました顔でがま

んしていました。すると、やきいも屋のおじさんが、

「なあんだ　すましているな。もっと　いばって、どうどうとしていなさい」

といって　あがり目になおしてしまいました。雪だるまは　そのときから　おこりたくてたまらなくなりました。ポチが　ワーンと　とおぼえをしても、遠くの森で　ホー、ホーと　ふくろうがないても、

「こらあ。うるさいぞお」と、大声でさけびました。

時計が　朝の三時をうちました。まっくらな　むこうから　人がやってきました。
それは　スキー場へいくお兄さんと妹でした。
「この雪だるま　おこっているわ。もっと　かわいい顔に　してあげるね」
女の子は　そういって　さがり目に　なおしてしまいました。どうしたことでしょう。
その時から雪だるまは　かなしくてたまらない気もちになりました。
「雪のお母さん　まってるんだろうなあ。お空に、はやくかえりたいなあ！」
ながれ星が　キラッ　キラッ　と光る空をながめているうちに　雪だるまは、とうとうなきだしてしまいました。

時計が　朝の五時をうちました。水色の風が雪だるまの前を　サーッとかけていきました。むこうから白い　いきをはきながらやってくるのは　新聞はいたつのお兄さんです。雪だるまの前にくると立ちどまりました。

「なきむしだるまくん　すましてごらん」

そういうと　新聞はいたつのお兄さんは　雪だるまの目を　もとどおりにして　また走っていきました。

時計が　朝の七時をうちました。目をさましたマコトくんは　ふくをきると　まっさきに雪だるまを見にきました。そして

「ぼくの雪だるまは　ほんとうにぎょうぎがいいなあ」

と、かんしんしていいました。

雪だるまは　あがり目のことも　さがり目のこともいわずに　すましていました。

『めだか』第1号（昭和五十八年四月）

かあ子ちゃんの「虹」

文／さとう　みやお
絵／おかあさんに、
おねがいします

まえがき

おかあさんのかいた絵本は、多分カラタチの芽のにおいがするでしょう。ルチのはさみのむこうで、海が光っていることでしょう。おかあさんが絵をかくとき、おしゃれなかあ子のリボンはどうしますか、チー坊の寝顔をのぞいている半かけのお月さまはどうしますか……。

本当は、おかあさんの思うままに描いてくださっていいのです。おかあさんのかいた絵本は、世界にたった一冊だけです。だから、私は世界一ぜいたくな作者です。

一九七四年一月

さとうみやお

かあ子ちゃんのにじ

かおりちゃんはむぎわらを一本もっています。きのう、まいごのひばりのあかちゃんをたすけてやったとき、ひばりのおかあさんからもらったものです。それは、ただのむぎわらではありません。まほうのむぎわらです。その先に水をつけてプーッとふくと、きれいなにじがうまれるのです。きのう、かおりちゃんは、お部屋でいっぱいにじをつくりました。おはじきのようにかわいいにじ、ドーナツのようにおいそうなにじ。そして、そのにじをつくえのひきだしや、ふくのポケットにつめこんでおきました。よるになるとひきだしやポケットの中で、リンリンとすずのようなおとがしていました。

きょうははらっぱにいって、にじをつくることにしました。水をいれたコップとむぎわらをもって、かおりちゃんはでかけていきました。しばらくいくと、うさぎがくさをたべていました。「うさぎさん、きれいなみみかざりをあげるね」そういって、かおりちゃんはちいさなにじをつくりました。フーッとふくとにじはゆらゆらとんでいって、うさぎのみみにかかりました。そして、とてもかわいいうさぎになりました。それをみていたからすのかあ子がいそいでとんできました。「かおりちゃん、わたしにくびかざりをつくって」かおりちゃんは、そのまっくろなかおをみていいました。「かあ子ちゃんには、あわないからだめよ」

またしばらくいくと、こんどはうまのおやこがあそんでいました。「うまさん、きれいなリボンをあげるね」かおりちゃんは、大きなにじと小さなにじをつくって、フーッとふきました。にじはうまのたてがみにかかって、きれいなリボンになりました。すると、からすのかあ子がまたやってきました。「かおりちゃん、私にくびかざりつくって」かおりちゃんは、かあ子のまっくろなかおをちょっとみていいました。「かあ子ちゃんにはにあわないっていったでしょう。だからだめよ」「じゃ、わたしがつくるからむぎわらをかして……」からすのかあ子は、いきなりかおりちゃんのもっていたむぎわらをくわえて、もりの方へとんでいってしまいました。かおりちゃんは大きなこえでなきだしました。そのあと、ひばりにもらったむぎわらは、もうもどってはきませんでしたが、空に大きなにじがでると、かおりちゃんはいつもおもうのです。「かあ子ちゃんのにじは大きいなあ。どうしてあんなにつくれるんだろうなあ」と……。

『かあ子ちゃんの虹』昭和四十九年三月

作品に触れて　2

初めて小説らしいものを書いたのは十五歳の時で、当時の文芸誌『若草』に二十枚程度の短編を応募。その後に書いた長短三十編を越える作品の大半が活字になったのですが消失。探し当てた作品を『坂の多い村』として昭和四十八年に出版。ここでは掲載の八編の中から「へでなし」を紹介しました。昭和二十二年にＮＨＫから放送された作品で、郡山市富久山町に住んでいた人物がモデルになっているそうです。他の作品にも筆力を感じます。創作を続け多くの作品が世に出ていれば、と思うと悔やまれます。

　第二期匠の機関誌『匠』に掲載した作品から、短編「きせる」を紹介しました。諧謔的《かいぎゃくてき》であるだけでなく、言葉の選び方や、話の組み立て方には引き込まれます。『匠』は五号まで出ましたが、佐藤先生の優しくてせつない短編や

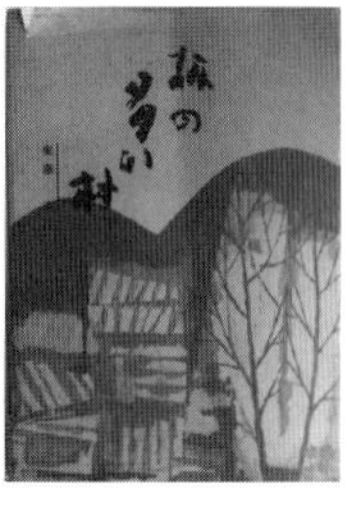

佐藤浩直筆

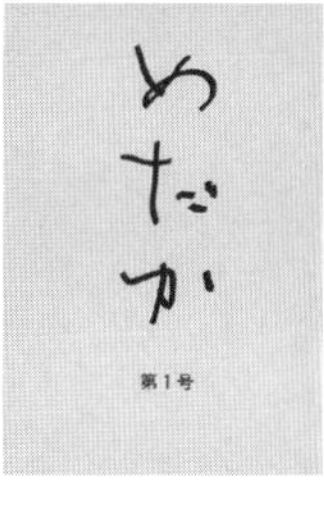

童話が載っています。

また、昭和四十九年三月、童話六編を載せた『かあ子ちゃんの虹』を出版しました。絵はお母さん（読者）が自分で描く、絵のない童話集でした。文字の色をグレーにするなど、たくさんの余白を設けた画期的なもの。子どもに読んでやる大人の創造を喚起するという、佐藤先生らしい発想です。この童話を手にした、お母さんたちの描いた絵を見たいものです。

昭和五十六年夏に、郡山市中央公民館による講座「童話つくり」の講師を佐藤先生が務めました。計八回の講座終了後も創作を続けたいと、受講生を中心に発足したのが「めだかの会」でした。先生の自宅で、月に一度開催。その内容は、児童観や文学観、芸術認識論から、作品の素材やプロット（組み立て方）、童話における音楽性など、多岐にわたるものでした。小冊子が四号発行され、表紙の〈めだか〉の文字も、佐藤先生直筆によるものです。その中で佐藤先生の生涯消えることのない原体験といったらいいのか、原風景が伝わってくる作品、それが「あーよんの滝」です。童話は、『めだか』1号から可愛い絵の入った「あーがり目　さーがり目」を紹介しました。幼児にもわかる優しいお話です。

短歌・俳句・一行詩

ちちのみの父のみかほのみをさめと残る視力をこらしみまもる
『銀河系』9号（昭和二十三年十一月）

ははそはの母の御顔の見納めと残る視力を凝らし見守る
児童詩集『遠くへいかないでお母さん』（平成十一年十一月）

短歌　吾妻嶺

夕暗くなりたる谷の一つ灯を目あてに降る熊笹の山

夜のくだちひとり浴みゐる湯の室に折々さぶしけもの鳴く聲

熊笹の原は東に傾きて日の差す時の露のかがやき

深谷を隔ててただに聳え立ち吾妻の峯はたな雲の上

ぶなの木の茂りて暗き此の谷はまひると言へどむささびの鳴く

俄雨しのぐと吾は峠路のぶなの根方にひとり立ちをり

丸木橋低くかかりて落葉松の林の道は明るかりけり

『ペンクラブ』創刊号（昭和二十二年四月）

俳句　雪

瞬きてかまくらの闇深くせり

絵蝋燭の小さき焔揺るは雪の精

燭消せばかまくらの宙むらさきに

かまくら出ず身に透徹るもの纏ひ

つまづきて一つ灯逃す野の吹雪

夜の雪原稲妻のごと走りたき

夜の雪に宿乞う魚板吾も打つ

幻聴の蚊を打ち払ふ雪あかり

喝きをり寒暁しるき出湯の香に

今朝大雪天餌とたまふ海苔卵

『匠』No.1（昭和四十六年十二月）

一行詩　遠郭公

落葉松の風に預けたまんまはたちの旅

眠って眠って嬰児のO《おう》のあくび

生者には葬列死者に遠郭公

桔梗色の夜明けを眠りテント村

白鳥の目と会う子の目夕日の中
風は夜明け白鳥の声水の声
艶笑も夏さわやかにハーブティー
夏の日やまぶた持つものに人と鳥
雨女いて寂しけれ苔の花
白桃を丸ごと十指溺れさす

短詩の会銀河『O《おう》のあくび』（平成七年十月）

作品に触れて　3

昭和二十三年五月、とうとう完全失明。「ちちのみ……」は、不安と失意のなかで詠んだ短歌に曲を付けて『銀河系』9号の巻頭を飾りました。道元の和歌に心惹かれ、『正法眼蔵』を読み深め精神面を整えつつ文学を深めたのだということが伝わってきます。母の歌も、児童詩集『遠くへいかないでお母さん』の「まえがき」に記したものです。父母への想いと自身の覚悟。そして、子を想う両親の哀しみまでも感じられます。

父の勘兵衛は、処世訓としていた「馬鹿」の意味を〈利口になるとは目当てになり誰でもできる。馬鹿になるとは考えることだから難しいことなのだ〉と諭し、人間というものに対する手ほどきをしてくれました。母は、私の目が良くなるようにと「お茶断ち」してくれていました。と、めったに話さな

かった家族のことを話されたことがありました。

短歌や俳句の作品は、多くを見つけ出せませんでした。郡山ペンクラブは、鈴木善太郎を会長として昭和二十二年四月発足。郡山地方文芸の興隆と郷土文化に貢献しようと、創作・詩・短歌・俳句・脚本・外国文学など文芸総合誌の形を呈していました。アララギ系の歌人でもあった佐藤先生の「吾妻領」は、写実のなかに、人間の深層心理、生きていく不安や孤独感が表現されています。

第二期匠は、昭和四十三年から同五十五年頃まで佐藤先生の自宅を拠点にしていたので、佐藤先生も学びや創作や講演、そして遊びも活動期。匠会の遠足や忘新年会では、吟行や連句など趣向を凝らすこともあったとか。そのような折りの俳句でしょうか。「雪」では、かまくらの幻想的な感覚が活かされていて、ひとつの宇宙を感じます。〈夜の雪〉という表現は胸を打ちます。寺に一宿を乞うたのでしょう。夜半、不意に雪になるという暗喩は、人生においても不意に訪れる災難を表現しているとも考えられます。駆け込んだ寺で光明を見出すことになったのかもしれません。

この頃の佐藤先生は、小さな句会をあちこち催しては、俳句の指導に力を注いでいました。

平成四年四月、「銀河ステーション」というサロンが発足しました。銀河系宇宙のなかにぽつんと浮かんでいる、ちっぽけな駅（ステーション）だけど、何か大きな夢を運んでいけるかもしれない。そんな希望が膨らんで、灯がともり明るい目印がぽっとあるような、心の灯になれるような、そんなステーションを目指したこの会に、佐藤先生も参加したのです。

このサロンでの活動のひとつ「一行詩の会」が月に一度、「アートステーション美しい村」を主宰する詩人・渡辺理恵を中心に始められました。提案者であった佐藤先生を講師に、俳句でもあり短歌でもあるという一行詩（二十文字前後）に挑戦しました。

「遠郭公」から、年齢を重ねた余裕のような大らかな優しさ、柔らかさが感じられます。青春期の懐かしさ、孫の誕生、先生の日常の一コマに想いを馳せてみると、往年の詩人としての感性は衰え知らず。

佐藤先生は、自由闊達に言葉を使い日常を写実的に表現しながら、その機微を知的に分析していました。

さとうひろしの作品を訪ねて

―慧眼のひと―

私にとっての佐藤浩は、「慧眼のひと」なのである。私のどんな質問にも、ゆっくり丁寧に答えてくれたのだ。いつ、どこで、学び知り得たのだろうと驚嘆するほどの知識と智恵を持っていた。私が三十四歳、佐藤先生は六十七歳。それから二十年以上に亘って、私は師と仰いできた。そしていつか、佐藤浩がなぜ「慧眼のひと」なのかを解き明かしておかねばならないと思ってきた。

それは、「これは俺、とっても大切にしていた本なのね。横山さん、持っていてね。」と、ヴァレリー全集（全十二巻　岩波書店）を預かった私の務めのような気がしているからだ。

宿題を頂いていたというべきだろうか。私には、生涯をかけてもこの全集を読み尽くすことはできないと思う。ポール・ヴァレリーの精神世界は、私にとっては難解で、何度読み直してもチンプンカンプンなのだ。それでも、詩を書くものの一人としてヴァレリーの知性に魅せられたのは、佐藤浩の人間精神の宇宙に、その慧眼のなかにヴァレリーが存在していたからであろう。

ヴァレリーは、詩は主知的な構成を第一と考える「純粋詩」を思考し、「レオナルド・ダ・ヴィンチ方法論序説」などにみられるように批評家としての名声も高いが、私には思想家の印象が強い。

私たちは今、私たち人類が産み出した魔物に翻弄されている。核問題、環境汚染など科学の進歩に人間の心と精神が追いつけなくなっている。ヴァレリーは、一九一九年に「精神の危機」を発表し、現代にも通じる人類の課題に警鐘を鳴らしていた。

私は、次々と目まぐるしくやってくる、日常と非日常の間の刹那のなかに埋没しそうになるとき、詩人の慧眼に思いを馳せる。現実を透徹した眼で観察しようと思う。そんなとき、傍に在るヴァレリー全集から、「常に精神の自由を失うことのないようにね」と、佐藤先生からの励ましの言葉が聞こえてくるのだ。

―二つの匠時代―

戦時中には、詩人や画家を目指す若者たちが集まる場所がなかった。昭和二十二年、上海から引き揚げてきた建築設計家・岡野六郎が、「匠クラブ」と名付けて若者たちが自由に活動できるようにと、自宅を開放した。佐藤浩は、ここで多くの詩人や作家、画家などを目指す若者との出会いがあり、すでに詩人として活躍していた草野心平とも交流。「街こおりやま」の伊藤和編集長によると、「匠クラブ」は、清水台町内の青年団活動の拠点の役割も果たしていたのだという。当時の若者のエネルギーは、地域青年団を中心にしたコミュニティにあったのだ。

また、郡山に疎開してきていた鈴木善太郎の存在があった。善太郎は郡山の生まれ。明治三十八年に早稲田英文科卒業後、ヨーロッパを旅行して帰国して持ち帰った戯曲を翻訳。戦後の郡山の文化運動に大きな役割を果たした。大正期からは童話も書いていていて『金の船』や『金の星』、『少年倶楽部』に作品を発表していた。佐藤先生も善太郎が主宰した「福島県作家協会」に所属して意欲的に創作に励んだ。

この時代が、佐藤先生がいう「二十歳の匠時代」であり、二十代の佐藤青年がそこに居る。視力の低下が進むなかで、老子・道元、カント、ヘーゲル、ベルグソン等の思想、高村光太郎、リルケ、ヴァレリーと次々に言葉との出合いがあって、揺れ動く心が、ようやく落ち着きを取り戻して精神のよりどころを得たこと。地域のなかで寄り添ってくれる仲間がいてくれたこと。「二十歳の匠時代」が知の人佐藤浩の原点となったのだろう。

この頃の先生の作品は、『郡山文化』(昭和二十一年二月創刊)や『郡山ペンクラブ』、福島民報・新潟日報などの新聞連載(昭和二十一年)、『ロマネスク』(昭和二十三年)などに発表されたのだが、残念なことに福島盲学校の火災で、すべて消失してしまった。

「匠クラブ」は、設計事務所の移転に伴い「匠ギャラリー」として市民に貸し出されることになった。そこで、昭和四十三年から佐藤先生宅を定宿にした第二期「匠」が発足した。佐藤先生が「五十歳の匠時代」と呼んだ時期である。

その機関誌『匠』創刊号(昭和四十六年十二月)によると、第二期「匠」とは混沌(ドロドロしたただのカオス)であり、夏炉冬扇(まことにムダといえばムダ)虚しくて豊かな集まりだと。自由でちょっぴり秘密めいた場所。職場でも家庭でも遊びでもない場所。要するに人であり、人間性であり、出会いであり、発見である。「匠ナイト」と称した集まりのキャッチフレーズは、「何ものにもとらわれず、会って語って飲んで踊ってのびるまで」という。佐藤先生も「匠」に集まる仲間も、人間としての自由な豊かさを得て、充実した壮年期であったのだろう。特に、詩人・三谷晃一や歌人・阿久津善治、そして伊藤和ら匠の仲間から厚い温情を受けている。この時代に自費出版した『坂の多い村』、絵のない童話『かあ子ちゃんの虹』も彼らの惜しみない援助があってのことだった。

この「五十歳の匠時代」に、佐藤先生の障がいと関わる文学がある。

昭和二十三年十二月第三回国連総会で採択された「世界人権宣言」に基づいて昭和五十四年に「国際児童年」、同五十六年から「国際障害者年」が十年計画でなされた。世界人権宣言とは、すべての人間が生まれながらに基本的人権を持っているということを初めて公式に認めた宣言であると、アムネスティ発行の「人権パスポート」（谷川俊太郎訳）に書かれてある。あらゆる人と国が達成しなければならない共通の基準として、「自由権」は、身体の自由、拷問奴隷の禁止、思想や表現の自由など。「社会権」とは、教育を受ける権利や労働者が団結する権利、人間らしい生活をする権利などを指している。佐藤先生は、児童詩の仕事も、障がい者への福祉活動も根底にあるのは、この「世界人権宣言」であると話してくれた。

中途失明者らの社会参加活動の一環としての俳句創作があった。佐藤先生は、点字学習に俳句の指導をしたのである。すると、受講者はめきめき上達し、全国紙「点字毎日」に上位入選するようになり、平成四年には点字毎日文化大賞を受賞している。

佐藤浩らの福祉活動を支えたのが郡山ボランテイア協議会の人々であった。特に、盲人ボランテイア活動を中心に活動していた「くるみ会」との交流が大きい。現会長である伊藤幸一を中心に、点訳と朗読奉仕を柱にした息の長いボランテイア団体である。一人ひとりが平等な人間として互いに大切にしあう人間関係を作ることを目的とした会である。

平成六年九月郡山市民文化センターで、第十四回郡山障がい者の福祉を考えるつどい〝街角の福祉を考える〟が開催された。「光をから光へ」と題して佐藤先生の講演があった。ともすれば身近にある幸せを見失い、ともに生きるものへの愛を忘れがちな現代、「光へ」と向かう人間の心を見つめ、その生き方を考えようと語りかけた。「眼で聴き、耳で視る」という言葉を超えた認識が、ものの本質を見、実像をとらえる上で、いかに大切な働きをしているかと伝えた。ここでも佐藤先生の慧眼が光っていた。

その後は、児童詩集関連の出版が相次いだが、佐藤先生自身の作品としては、童話やエッセイ、一行詩などが散見されたにすぎず、創作指導に力点を置いた時代であった。

その実践の中から、郡山市が発行している『ボクラのひろば』を取り上げておきたい。子どもの創作意欲を高め、情操豊かな人づくりを目的に、昭和四十二年から続いている息の長い事業である。年一度郡山市内の小中学校から応募した詩を佐藤先生が選考してきた（佐藤先生の選は平成十八年まで）。児童詩への温かで的確な眼差しがそこにあった。そして、昭和四十九年からの郡山市「広報こおりやま」に、選抜された作品が掲載されるようになった。市民から賞賛され親しまれている。

―わたしという小宇宙―

ヴァレリーの思想のなかで、「自明」ということの意味を語っている部分に触れておきたい。すべてのものが自明であるとは、すべてのものから対等な距離を取り、それを明察すること。人は眼前に次々と出現しては消えてゆく多様性に対し、それを達観し、さまざまな超越的態度をとることができる。世界に存在するすべてのものは同等であり、等価である。この認識に立ったとき、人間の精神は何か特定のものに限定されることを拒み続けることを自覚することができるようになる。私は、この「自明」が何にも属することのなかった、佐藤先生の孤高の生き方として思い当たるのだ。

短歌、俳句、小説、現代詩、童話等々「もの書き」にあこがれてきたさとうひろしという一人の人間。すべてを知的分析しようとしてきた日々。大正デモクラシーの思想や西欧からの新しい現代詩論の流入といった時代背景。ベルクソンのエラン・ヴィタル、宇宙の生命の躍動という思想、「柳緑花紅」などの仏教思想への傾倒。佐藤先生は視力を失いはしたが、連綿として続く生命、そこに在りながら見えない非存在の世界の魂の声が誰よりも聞こえていたのだろう。私たちに、目には見えなくても存在する世界も、すべてのものはどこかで繋がっているという、空間（宇）的、時間（宙）的なパースペクテイヴ（展望）を感じさせてくれた。そして、それぞれが自明であることで等価としての〈いのち〉を生きることを示してくれた。

私たちが地球という小さな星に生を受けたのは、一つの偶然だったのだろうか、必然だったのだろうか。「壺中天地《こちゅう》」一人ひとりの宇宙を持つなかで、生かされて在る〈いのち〉の尊さを知り、〈いのち〉を丁寧に大切に生き切ることの覚悟。さとうひろしの作品を訪ねる旅は、「わたしという小宇宙」として輝く自明の星を探し当てたことであった。

人

人間さとうひろし「電話講演会」

鶴賀イチ

開講

平成五年十一月十三日、私のもとに一通の案内状が届いた。

拝啓、菊の香ただよう季節となりましたが、皆さまにはご健勝にお過ごしのことと存じ上げます。

さて、このたび、私どもの敬愛する佐藤浩さんが、めでたく県の文化功労賞を受賞されました。氏は「青い窓」創立の同人として三十五年の歳月、ひたすら子供の詩と共に歩み、そこから独自の子供に即した世界観と、仏教に根ざした思想をも切り開いてこられました。

大人社会の繁栄が混迷の陰りに当面している今日、子供たちの新生の呼びかけを虚心に受け止め、改めて世界の美しさを心に宿したいと思います。

それにつけても氏の果たされた足跡は、大変貴重なものといわなければなりません。

つきましては、みな皆様と一堂に会し、佐藤浩さんの栄誉を心から祝福し、共に喜びを交わしたいと思います。

何卒ご出席の栄を賜りたく此処にご案内方々お願い申し上げる次第です。

発起人　三谷晃一
今泉正顕
伊藤　和
青い窓の会同人一同

この短い文章の中に、かくも主役となる人物を浮かび上がらせる表現と敬愛の情、そして周りの人たちも子どもの心を虚心に受け止めて世界の美しさを共に心に宿そうという、人間の深さや温かさに満ちたこの案内状に私は感動すら覚えた。

そんな嬉しさをもって、佐藤浩先生に電話をいれた。すると、「あぁ、今帰ってきたところ。今ね、玄関。靴をはいたままなの。かけ直すね」ということだった。そして折り返しの電話は、私の嬉しい思いを伝える間もなく、「向日性」の話になった。

「『あのね』のおかげです。子どもがね、背伸びするでしょう。あれは背伸びしたカカトの間にいろいろ詰まっていると考えたんだけど、向日性と考えた方がいいのかもしれません。ロジャースが言うように、わずかな明るさにも向かって伸びるジャガイモの芽と同じで、子どもは少しずつ背伸びしているのです」

ロジャースとは、それまで患者と呼んでいた心理相談者をクライエントと称し、来談者中心療法を創設した臨床心理学者のことであり、『あのね』とは、その頃私が勤務していた幼稚園の子どもたちの口頭詩を載せたリーフレットのことなのだが、電話の向こうの先生はまるで自分自身が背伸びをしてワクワクしている子どもそのもののように私には思えた。

その数日前の文化功労賞授賞式後のこと、三十八度の熱の中にあるという電話の向こうから「子どもの背伸びだけどね…。朦朧とした頭でそんなことを考えていました」と話された。そして、その発熱の中にありながら、風邪をひいていないかと私を気遣った。「まだ治っていないから…」と私が言うと、「治っていないから、ひかないねぇ…」と、先生は「ふふ」と笑った。

「考える」「深く考える」「ひたすら考える」例え熱があろうとも考え続ける、それが佐藤浩という人なのだと思った。

佐藤浩先生は、大正十年十二月、歯科医の二男として郡山に生まれた。十五歳、安積中学校三年の時に鉄棒から落下し左目を失明した。人生の最も多感な時期にである。そして、その十一年後の二十七歳の時、かすかに見えていた右目の光さえも完全に失うことになる。左目失明後、右目を頼りに歯科医を目指して医専に入学するも、次第に衰える視力の為途中で断念。故郷に戻り国民学校に奉職するが、終戦後の昭和二十一年に退職する。その短い期間の中で出会った子どもたちのまっすぐな詩が、後に、彼を子どもの詩と向き合う人生へと導く。

彼の著『坂の多い村』のあとがきの中に、「失明の予感が私の奥どに住みついてしまった恐ろしい二年であった」とある。教員をやめてからの二年間をそんな心境の中に過ごしながら、創作活動に最も身を入れて取り組み数編の小説を書いたという。そして、昭和三十三年、彼の人生が動く。

「やがて胸を弾ませながら子ども時代の思い出を語れるような、子どもの夢の空間を作りたい」そう願った幼馴染の四人の大人たちによって「青い窓」が立ち上げられた。その四人、柏屋の本名洋一は店のウインドーに子どもの詩を掲げることを提案し、看板屋の篠崎賢一がディスプレーを担当、絵描きの橋本貢が表紙や挿絵を描いた。

長い戦争が大正デモクラシーや新しい教育運動によって花開き始めた子どものための文学や権利を封じ、そこからまだ抜け出し切れない中、佐藤浩主宰の「青い窓」は、戦後復興期の雑然とした郡山の町の中に真っ青な空の見える窓をくり抜いた。その「青い窓」の「よく見つめ、よく考え、ていねいに生きましょう」と言う理念の元には、多くの子どもたちの詩と心が寄せられた。

その活動を長年続けてきた佐藤先生は、子どもの詩を通して子どもの心を読むと共に、「心も含めて、子どもの実像を見てください」と大人たちに語り続けた。それは、戦時中のように子どもたちの心と言葉が抑圧されることなく、大空に羽ばたいてほしいという願いだった。

そんな佐藤浩という人に私が初めて出会ったのは、昭和六十一年、「第十一回東北・北海道児童文学の集い福島大会」が郡山で開かれた時のことだった。出会ったというよりも、なぜか、「出会ってしまった！」という強烈な思いだった。ただ、直接的に出会ったのではなく、佐藤浩講演の「眼で聴き耳で視る」という「眼聴耳視」に響いたのである。私はその時の講演の印象を、とにかく「透明」としか言い様がない。雑音繁多な現実を離れ、透きとおった水や空気の流れる原生林の中に導かれるような思いだったのである。

この時、ステージと遠くの客席、講師と聴講者、そんな遠い存在でありながら、なぜかどこかに再び出会える予感を私は抱いたのだった。

そして、その予感が動き出したのは、それから二年の時を経てのことだった。当時の町中学校長の仲介を得て、私の勤めていた幼稚園に佐藤浩先生を招く機会を得た。その仲介をしてくれた村野井幸雄校長は、そもそも郡山での大会に私を連れて行ってくれた人だった。

講演会の後、村野井校長の計らいで、飲食店を営んでいた私の家で昼食会をすることになった。その時、佐藤先生が会津に来たなら会いたいという人、エッセイストの大石邦子さんも同席されることになり、錚々たる方々の談笑に、私は端の方に遠慮がちに参加させてもらったのだった。後日、その時のお礼にと先生から菓子折りが届いた。本来ならお礼状を書くところだが、目の不自由な先生に私は敢えて電話でのお礼とした。

その日、その時、それ以来、その電話を機に、私は先生からたくさんの電話講義を受けることになった。電話講演会の始まりである。

さて、祝賀会での話に戻り、佐藤先生の謝辞は「大人の世界には上司と部下、中央と地方のようにいろいろな線があるが、子どもの世界にはまったくそんな線はありません」という話し出しで、

たまごやき　　小学一年　あだちけい一

ぼくのお母さんは
たまごやきがとっても上手だよ
たまごをひっくり返すとき
お母さんもいっしょに飛び上がるんだよ
そうすると
ふわふわのたまごやきができるんだよ

という詩をあげて、「私は今までこの詩から、まったく母親を信じ切っていると思っていましたが、そうじゃないんですね。信じているんじゃないんですよ。疑っていないのですから」と話された。

たしかに、信じるという言葉の裏側には疑いがあるわけだが、疑いがないところに信頼という言葉を持って充てる必要はないということだ。そんな「無心」という最上の信頼関係の話を用いて、線を引いて時に戦争さえ引き起こしてしまう大人の愚かしさを憂い、人間関係のあるべき姿を話されたのだった。

それにしても……「ん、この否定と肯定……」どこか記憶がある。

先生が私の方を向いて「ふふ」と笑ったような気がして、私も「ふふ」と微笑んだのだった。

自分に出会う

佐藤先生からの電話は、二十分や三十分は短い方で、一時間を超える時も多々あり、たっぷりと話しを伺うことができた。そして、私もたくさんのことを話した。

佐藤先生と出会った時、私は三十七歳だった。仕事の上でもそれなりの責任と苦労が生まれ、人生においても様々に迷える時期であり、大きなひと坂を越えなければならないというような時期でもあった。

その頃、私はとても考え込んでいたことがあった。一生懸命仕事に打ち込んできてふっと顔をあげた時期でもあり、教育界の大きな変換の中で考えることも多かった。考えれば考えるほど、迷路に迷い込んだ。そして、ある出来事がさらに私を落ち込ませていた。それは、ある日庭で遊んでいた子どもたちから時折歓声が上がり、その歓声の輪を覗いた時のことだった。子どもたちはカエルを宙高く放り投げ、落ちてきたカエルは背中を地面につけてやわらかなお腹を守り、そして逃げ出そうとクルリと宙返る。するとまた子どもの手に捉えられ、宙に放り投げられるということを繰り返していた。私はカエルの身の痛さを思いながらも、子ども同様にクルリと宙返る見事なカエルの姿をもう一度見たいと思った。そう思ってしまった。子どもの先生であり、カエルの痛みを知りながらである。この二つの気持ちの狭間で、私は子どもたちにかける言葉を見失った。

そんな思いを抱えて、私はある日佐藤先生に「幼稚園の先生なんて、いらないと思う」と、少々投げやりに言っていた。適切な言葉一つ掛けられない私が、子どもの傍にいてもいいのだろうかという迷いだった。

幼稚園や保育所生活経験のない私の幼児期を考えると、畑でミミズやカエルとあそんだり、レンゲソウの敷き詰められた田んぼを走り回ったり、草花を摘み木イチゴやクワゴをほおばったりと、たっぷりと自然の中で遊んで過ごせた。また、私たち子ども集団はちぎったトンボのしっぽにコスモスの花を挿して空に放り咲かせたり、逃げないように翅をちぎったりと、かなり残酷な遊びをしていたことも思い出した。しかし、大らかで忙しい大人たちは、口先だけの道徳心や倫理観で「かわいそうでしょう。やめなさい」などとは言わなかった。放っておかれたことが、幸せだったのかも知れないと思った。私たちはいつまでも残酷なままではなく、その中から優しさや思いやりも学んだ気がする。そんなこんなを考えると「訳知り顔で子どもに接しているなら、子どもの自ら育とうとする力を妨げてしまう存在なら、きっと先生なんていらない。私は子どもにとって、本当に必要な存在だろうか」と増々思い悩んだ。

そんな私に、先生はこう言った。「そう考えるのは、素晴らしいことです。そう考える人がふさわしいんですよ」と。自分の思っていたことと真逆のその言葉に、私は驚いた。でも先生はそれ以上の話しはせず、「ゆっくり考えてください」と言った。その時の私に必要なのは即効薬ではないと判断し、「ゆっくり考える」という処方箋だったのだと思う。それからかれこれ二年間、私はその疑問と向かい合ったのだった。

その話から流れて、「初めて先生の講演を聞いた時、とても感動しました」と話した。すると、即座に「それはね、自分に出会ったのですよ」と先生は言った。私は、その言葉にもまた驚いた。

自分とは、一番自分が知っているようで案外見えないものなのかもしれない。ましてや、感動は受け身であって、その感動の中に自分が存在しているなどとはそれまで思わなかった。しかし、感動や共感を抱いたのは自分自身という主体なのだと思わされた時、否定から肯定に自分自身が流れて行くのを感じたのだった。

四十にして惑い迷える頼りなげな私を、先生は放っておけなかったのかもしれない。斜めや横や後など様々な角度から自分を見つめさせられた後、「教材」とも言うべき本やカセットテープなどが次々と送られてくるようになった。ヘンリーソロー著「森の生活」や中村雄二郎著「術語集」「問題群」、河合隼夫著「子どもの宇宙」など数々の本、「漢字の歴史」や「中川志郎講演録」「草野心平自作詩の朗読」のカセットテープや「漢字源」や「逆引き広辞苑」などの辞書までもが送られてきた。一年間に五十を超える数だった。

それらは、ただ物だけが送られて来たのではなかった。そこに、さらに電話講義が重なるのである。最初は難しい哲学書などに苦戦もしたが、電話による解説が加わることで少しずつ見えるような気になった。

私は、かけがえのない師を得たのだった。

出張講座

平成六年の六月末、福島県立美術館で開催されていた「河井寛次郎展」に先生と出かけた。河井寛次郎は陶芸家だが、柳宗悦、濱田庄司らと共に民藝運動にかかわり、彫刻やデザイン、書、詩や随筆などの分野でも優れた作品を残している。佐藤先生が長年出典を探し求めた「眼聴耳視」に行きあたる人でもあった。

さて、私は福島の地理はまったくと言っていいほどわからない。当時の車にはナビの搭載もなく、かなりの方向音痴の私は「あれ？」とか「こっちかな？」などと声にし、迷いながら何とか目的地にたどりついたのだった。佐藤先生曰く、「あなたは八十点くらいとれるのに、三十点くらいのことを言って驚かす」と。実はどんなにか不安な乗り心地だったかは、八十点止めの先生の優しさの中に伺われる。

河合寛次郎の焼き物は、審美眼など持ち合わせていない私の目にも見事だった。かれこれ一時間ほど作品に触れたのだが、きっと周りの人は見えない先生に見える私が説明をしていたように見えたのではないかと思う。けれど、実際は説明を受けていたのは私の方だった。「こんな形のこんな色です」と私が言えば、「それは河合寛次郎が最も好んだ色で、こんな人と交流があった頃です」「河井さんの作品は、三回大きく変わっているのですよ」「赤がひとつの特徴です」などという具合で、見えている私よりはるかに詳しい。その解説のおかげで、私は深く味わうことが出来たのだった。

美術館に着く前知識にも、「河井さんがね、沖縄の建築は台風によってつくられたって！」という話を聞き「えっ、台風？」と、私は首をひねった。「そう、あの台風。台風が多いから、台風に耐えられる建築が生まれていくわけでしょう。白川郷の先生は雪です。結局それが地域に根差すということです。地域に根差すということは、人間が作ったものではなく、とても深いものです。ソシアルにではなく、コスモロジーに根ざすことが大切だと思うのです。河井さんは民藝運動の先駆者ですからね、柳田國男や宮本常一さんたちみんなその流れですからね」と、そんな様々な角度から河井寛次郎という人物を立体的に私に浮かび上がらせてくれた。焼き物を見て、見たような気になるだろう私に、「観る」こと「深く観る」ことをさり気なく語ってくれていたような気がする。

さて、この出張講座ともいえる小さな旅は、このほかに二度ほどあった。

初めての旅は鎌倉で、平成四年五月二十一日のことだった。私は何年ぶりかに定期バスにのり、いつもと違った角度から見慣れた町を見ていた。会津若松から列車に乗りかえるとその揺れが心地よく、子守唄の中にいるような気分だった。窓の外のあちこちに目につく藤の花に、改めて藤の花の季節なのだということに気付かされながら郡山に着いた。そして、先生と合流した。

東京駅から北鎌倉に移動し、東慶寺に向かった。山門、本堂の脇をくぐり、宝物殿の前を過ぎ更に大きな岩の前を通って進んだ。岩は苔むし、大きなもみじの木の根はむき出しに見え、少し進んだ右側には後醍醐天皇皇女の墓所があり、その案内碑の前を進み石段を上り続けていくと、左側に岩波書店創業者岩波茂雄、哲学者西田幾太郎の墓がその隣にあった。またそこから少し進むと、日本の禅文化を広く海外に知らしめたという仏教哲学者鈴木大拙のお墓があった。

先生はそこで立ち止まると、お墓の頭を優しくなでた。この旅の目的は、このお墓参りにあったようだ。黙して何を話しかけていたのかは私にはわかるはずもなく、私もただ黙って手を合せた。黙っているのが礼儀のような気がしたのだった。

墓参りを済ませてから、「鉢の木」と言う懐石料理の店でお昼をご馳走になった。食前酒には気付かないほどのアルコール分が含まれており、お猪口一杯口にされた先生の顔は真っ赤になった。苦手なアルコールに、不慣れな私は配慮が届かなかった。謝る私に「大丈夫、大丈夫」と先生は赤い顔で笑い、少し覚ました後に茶飯、ゆば、海の幸、山の幸を楽しんだ。満腹の二人に、最後に抹茶とおはぎ。おはぎは二人で半分こしてようやく食べた。

次に、銀座の四丁目に向かった。私は方向音痴の上に東京の地理にもまったく暗い。銀座四丁目には出たものの、どこをどう進めばいいのかわからなかった。すると先生は、「右側にこんな建物があるでしょう」とか「この信号を渡るのです」などと、まるで見えているように私を導く。なんとも情けない話だが、私はただついていくだけだった。そして、鳩居堂に着き、先生は「花のかげ」というお香を買われた。この香は、先生が学生の頃ホームシックにかかると、下宿で焚いて自分を慰めたのだとか。ホームシックと先生は言うが、本当はもっと深い青色をした思いなのかもしれない。全く見えなくなる前の霞んでしか見えない中で、歯科医師をめざし顕微鏡をのぞく学生の身、香を焚くことによって精神のバランスを保っていたのであろうかと、その日々が偲ばれた。

郡山駅に戻り着いた時、当時高齢ではあるものの元気だった鈴木大拙さんが沖縄の講演に招かれたときの話を先生はした。

「出迎えの人がね、車イスをもって空港に見えたそうです。大拙さんはお元気で車イスの必要はなかったんだけれども、出迎えの人の行為を受けて黙って車イスに乗られたそうです。その話を聞いて、私も人の好意に感謝して甘えることにしたのです」と言い、

「ありがとう」と言葉を添えられた。私はその五文字の重さと深さをズシリと受け止めたのだった。そして、鈴木大拙という名を心に刻んだ。

そしてもう一つは、平成九年の「賢治に会いに」の旅。その日、家を出るときには晴れていたのだが、郡山の先生のお宅に着いた時にはもう雨に変わっていた。途中で傘を買おうと思ったのだが、先生が大きな傘を持って待っていてくれた。

花巻に着いても雨で、宮沢賢治記念館までタクシーで行き賢治の生の原稿に触れた後、「山猫軒」でお腹を満たした。次に高村光太郎山荘に行くと、昭和二十二年に高村光太郎に会いに来たことがあると先生は懐かしそうに話された。昭和二十二年といえば、先生の学校退職と「青い窓」創設の狭間だとふと思った。

「花巻から四時間ほどかけて雪の二月に訪ねて、一時間ほど話をしてまた四時間をかけて花巻に戻って電車で家に帰った」と、懐かしそうに当時の話をされた。私は、名前を知るだけの遠くの高村光太郎が、その時血の差した「光太郎さん」になったような気がした。

光太郎記念館のおばさんは気さくで、帰り道のタクシーの運転手さんはガイドも兼ねてくれ、私は北国共通の空気だと感じていた。ところが、いろいろ詳しいタクシーの運転手さんは、「私は実は、九州の生まれなんです」という。先生が「ほう、どちらですか」と尋ねると、運転手さんが「花は霧島」と言い、「あぁ、国分ですか」と先生が返す。そんな、百人一首のような会話と人情をも楽しみながら帰途に着いたのだった。

郡山に戻ってもまだ雨は止まず、「遠慮せずにどうぞ！」という言葉に甘えて、先生の大きな傘を花巻きの旅の記念にいただいて私は帰途に就いた。

電話講義の中に挟まれたスクーリングのような出張講座は、私の中に映像と共に残されている。

私の辞書

ある時の電話に、「ハイよ」と出られたことがあった。私がクスクス笑うと、「オレ、今何て言った？」といわれるので、「ハイよ、です」と言うと、お孫さんと間違えられたということで一緒に笑ってしまった。

さて、その頃「青い窓」にエッセイを載せてもらっていた私は、「今度、『ハレ』について書いてみたいと思っています」と話した。すると、バネのように弾んで話が返ってきた。「そのハレは、『晴れ』のことね。天照大神が天岩戸に入ってしまったでしょう。その前で歌をうたったり踊ったりすると、やがて天岩戸がすこ～し開き光が差し込んだでしょう。その光が『晴れ』なんですよ。そして、『面白』『面楽し』が楽しいの語源なのね」

「オモ……」と私が疑問を口にすると、「面は顔でしょ。天岩戸が開いた時に、沈み込んでいた神様たちの顔が白くなったんですね」とのこと。

後で調べてみると、平安時代の神道資料「古語拾遺」の一部にそのことが記してあった。ついでに「オモテ（面）は顔で、ウラは心のことなんですよ」と、そんな面白い話も伺った。

「まだ、いろいろなことがわからないんですけれど、ハレの日が毎日になってしまった今日だから、ハレとケについて考えて書いてみようかと思います」そんな話をして、私はその後「ハレ」と「ケ」について書いたのだった。

またある時、「『玄如節』に今ちょっと関心を持っていて、そこに采女職がかかわるんですよ」と私が話した。すると即座に、「それは夜伽役でしょ。中国にね、昔おとぎ役というのがあったのね。俳という人がいたんだけど、俳家の人たちは代々おとぎ役を務めていて、その中の優という人は特に優れていて、それが今の『俳優』って言われるの。

そのおとぎ役っていうのは、王様が寝る時に話を聞かせるのね。それは政治を暗示したわけ」と話が続いた。

「それって、おとぎ話の元ですか」と尋ねると、「そう、おとぎ話ってそこから出ているんですよ」とか。

私は思いがけない話の展開に驚き、その面白さに誘われた。そして、「辞書で詳しく調べてごらん」といわれて、電話の後に早速辞書とにらめっこしたのだった。

そんなこんな、様々な情報がふっと出てくる。私は、先生の頭の中を見てみたいものだと思った。しかし、時に先生にも分からないことはある。明治の初めにアメリカに渡った、おけいという少女が会津にいた。私はそのおけいについて、子ども向けの本を書くことになっていた。おけいは十九歳という若さで異国の地に散るのだが、その死因は熱病だというのだが、その熱病の症状がわからず尋ねたことがあった。その日丁寧に話してくれたものの、次の日の朝早くまた電話を下さった。熱病の詳しい症状について、知人の医者に尋ね確認しての答えだという。

不明瞭なことはきちんと確かめる、確実にする。先生の知識も、ローマ同様に一日にしてなり得たものではないのだ。しかし、努力はあったかもしれないが、むしろ知ることや学ぶ楽しさが勝っていたのではないか、学ぶとはこういうことかもしれないと思った。

それにしても、いつでも、どんな話にも、何かをすっと差し出される電話講演が、増々面白くてたまらなかった。

行かば何月

確か、先生はその時七十四歳だった。

八月の末、「心理学がわかる事典」を送っていただいたお礼にと電話をした。すると、「今日ね、空観音に行ったら急に血圧があがっちゃって、郡山まで救急車で来たの」という話に驚かされた。いわき市川前の東松院にある「空観音」は「空から舞い降りてきた観音さまで、まだ左足の指先が地に着いたばかりで、手も合唱する途中の観音様ということです」と、以前に聞いていた観音様だった。

亥年は大変な年と言われるが、平成七年は阪神大震災や地下鉄サリン事件などの社会的にも大事件があり、先生にとっても色々あった年だった。一月の高熱に始まり、自分の部屋で座布団の端に滑って転び額の傷を三針も縫ったというし、空観音では倒れるという事態が生じ、私が初めて先生の年齢を意識させられた時かもしれなかった。
その少し後のことだった。「死も一つの生理だから」という話は時々伺っていたが、今度は「今日は死ぬのにとてもいい日だ」という、インディアンの詩の入ったテープが送られてきた。

今日は死ぬのにとても良い日だ

今日は死ぬのにとても良い日だ
あらゆる生ある物は私と共に仲良くしている
あらゆる声が私の中で声を揃えて歌っている
すべての美しい物がやって来て、私の目の中で憩っている
すべての悪い考えは私から出て行ってしまった
今日は死ぬのにとても良い日だ
私の土地は平穏で私を取り巻いている
私の畑にはもう最後の鍬を入れ終えた
我が家は笑い声で満ちている

子供たちが帰ってきた
うん、今日は死ぬのにとても良い日だ
はあ、今日は死ぬのにとても良い日だ

お礼の電話を入れると、「会津の方に、死なば何月とかっていう言葉があるでしょう」と聞かれた。知らなかった私は、後で母に聞いたり辞書で調べたりしてみた。

母は、「行かば三月、戻らば四月」といい、辞書には「死なば八月」とか「死なば十月」というのはあったものの、母が言う「戻らば……」は見つからなかった。しかし、この「戻らば」こそ、輪廻転生を願う、または信じる庶民の思いだったのかも知れない。インディアンの内面的なものとは少々違うかと思うが、洋の東西を問わずに誰もがいつかは訪れる「その時」に思いを馳せるのだろうと思う。

佐藤先生は、自分の死について私に語ることはなかった。根底にしっかりとした宗教観を持ち、冷静に死というものを考えていたのだろうと、その頃まだ四十代だった私はそう思っていた。しかし、死生観や宗教感とはまた違う、生身の人間としての思いもあったのではないだろうか。

私が先生の年齢を意識したとき、先生もまた自分の年齢を意識していたのかも知れない。けれど、きっとその意識の角度は少し違っていた。私は「行かば何月」「戻らば何月」という言葉に興味を示し、「インディアンの詩」もおそらく浅い解釈しかできていなかった。私も高齢者の称号を得た今、「会津の方に、死なば何月とかっていう言葉があるでしょう」の問いをもう一度考えている。

「ことわざ大辞典」には、「死なば四月、八月」と、気候の良い時にと願ったのは山形や会津喜多方辺の俗諺とある。先生が「会津の方に」といった意味が初めて分かった。更に「ことわざ辞典」には、群馬辺りは「死なば十月中十日」と実りの十月中旬頃に逝きたいと願い、二月、八月の農閑期にと願ったのは青森あたりの人々と記されている。他にも手厚く弔ってもらえる盆の前、せめて蚊や虻でも泣いてくれる夏がいいという言葉もあった。

こうした思いや願いは、老齢の域に入った人々の共通の思いなのだろうと思う。ましてや体調を崩してしまった時には強く思う筈、先生もまた「自分はいつ」「どんな風に」「どんな場面で」と考え、もっと深いところを本当は私に語りたかったのかも知れない。この講義こそもっとよく聞いておくべきだったと、いま年齢を重ねて思う。

見えていることの見えなさ

ある時、「今日の講演はどうでしたか」と尋ねた。すると、「園長先生に、『この前の話より難しかったですね』と言われました」と言い、続けて「向日性と無心、子どもは世界の初めから生きているということ、子どもの時間は円ということを話したんだけれど、四番目が難しかったのかもしれませんね」と振り返りながら、その「子どもの時間は円」ということについてかれこれ一時間ほどの電話講演を伺った。おそらく、「難しかった」部分の反省を込めての再講演かも知れないと思った。しかし、それは、本当は気持ちの沈みが招いていたのかも知れなかった。

間をおいて、脈絡もなしに先生がぽつりと言った。

「あのね、『青い窓』の今月の表紙、高田敏子さんの詩だったの」表紙も中身もいつも子どもの詩と決まっている筈だから、「えっ」と私は驚いた。よく聞けば、子どもの詩だと選をしたものが、詩人高田敏子の作品だったというわけだった。

「パネルにした作品だったからね。全部取り換えたり、作者の方へお詫び、そして作品を送ってくれた先生へなど……」

「大変なんですね」「大変なんですよ。何度かあるんだけど、いつも同じように胸が痛い」と、誰も責めずに、選をした自分をただただ責めているように感じられた。

「それは辛いですね」と言うと、「うん、つらいねぇ」と言い、そして「……あのね、……やっぱり……つまらない事だからよしましょう」と言葉を切った。

しかし、繋ぐ言葉を探す私の一瞬の無音と言いかけた責任からか、ためらいの後に「やっぱりね……、こんな時見えていたらと思ってね。高田さんの詩なんて好きで読んでいたのにね」とため息のように話された。

そんな先生の弱い言葉に初めて触れた私は、「先生、見えているとね、見えていないことが多いんですよ」と元気に言った。「やさしいね」と先生は和らいだ言葉を返してくれたが、それは優しさというより私の本心だった。先生と出会って、私は見えていることの見えなさに気付かされていた。

「今日〇〇を見てきた」という言葉を、先生から聞くことが度々あった。初めは、盲目の先生の「見る」という言葉に戸惑った。しかし、目でしか見られないというのは、見える者のおごりである。

ある時、東京に行き「屋根の上のバイオリン弾き」を観てきたという、楽しそうな先生の話を聞いたことがある。一度ではなく、二度、三度とかけて観たのだという。一度目に音やセリフや動きをまず捉え、次にそれらを組みたてて場面を自分の中で描く。そして三度目にじっくり楽しむのだとか。

私は今まで、それほど真剣に観たことがあっただろうか。見えないものに目を凝らしたことがあっただろうか。見えるということは、案外盲目なのである。

そのことを更に思い知らされた言葉がある。

「一年間を表す言葉に、ほら学生だったら螢雪というでしょう。お百姓さんにとっては星霜、それから春秋。そして、こういうのがあるんですよ。『風露』いい言葉でしょう」という。「君看よ。此の花枝中に風露の芳しき有り」という言葉だった。

これは、中国宋代の詩人蘇東坡の詩の一説で、禅語として茶席などにも用いられるという。そんな風流など纏い切れない私は、花を見、枝を見ながら、そこに風露は見えていなかった。見えるものの中にある見えないものの存在、本当に大切なものの存在にこそ心を傾けなければならなかったのだ。人間もまたである。

見えていることの見えなさ、「眼聴耳視」を改めて思ったのだった。

草野心平さん

私ごときが草野心平を呼び捨ては勿論「さん」づけするなどおこがましいことだが、交流深く、尊敬し、愛してやまなかった佐藤先生の「草野心平さん」の話しである。

その草野心平さんは、昭和二十二年八月花巻から東京に帰る途中に、半袖のYシャツに半ズボン姿、うちわを扇ぎながら郡山の駅に降り立ったという。そして、詩人たちの集いに向かった。その日以来のお付き合いだったという、長いお付き合いの中からの話をたくさん伺うことができた。

特に印象に残っているのは、カエルの詩人と言われる草野心平が、実はカエルが苦手だったという話である。それは昭和五十三年六月郡山駅前の飲食店でのこと、ある人がサインを頂いたお礼にと、草野心平にカエルの焼き物を渡したという。その後の歓談中に事は起こった。

「テーブルに置かれたカエルの置物を心平さんは少しずつ少しずつ押していって、ついにテーブルの下に落としてしまったんですよ」

カエルの詩人と言われる草野心平が実はカエルが嫌いだったという事実に、その場にいた人たちがざわめいた。

「『カエルの詩人がカエル嫌いだなんて、心平さんの名誉のために伏せておこうか』という人もいたんですがね、私は家に帰って詩を読み直しました。すると、これは人間の側からではなくカエルの側から書かれた詩だという、より深い気付きがありました」と、この一件から草野心平の「向こう側から見る眼」に気付いたという。

そんな深いところに辿り着けない私は、私の住む地域に伝わる「仁王寺別当ふうきみそ」の話を思い出していた。春彼岸に訪れた村で読経の後のもてなしの膳に春一番の馳走として「蕗味噌」が出され、蕗が大の苦手の和尚は一口でぺろりと飲み込んだという。それが和尚は蕗味噌が大好物だとして村中に広まり、何処に行っても苦手の蕗味噌が出され寺に戻って寝込んでしまったという話である。私はその話を思い出して、せっかくのご馳走を嫌いとは言えない和尚と、せっかくの土産に嫌いと言えない草野心平が重なっていたのだった。

ちなみに、この「事件」については、新聞記者だった三谷晃一氏が「三谷晃一の世相診断」のコラムにこの話を登場させ、「言うか、臥せるか」問題はあっさり決着したのだそうである。

もう一つ印象に深いのは、酒席で会津白虎隊の演舞が披露されたときの話である。その時、草野心平は「みんなで酒をやめて正座をして見ましょう」と提案し、盃を置き正座をしたという。周りが「そう気を使わずに」「どうぞ気楽に」などと言えば、「白虎隊の踊りは、酒を飲みながら胡坐をかいて見るものではない。十五・六歳の少年が、本当に腹を切ったんですよ」と一歩も譲らなかったという。それでもと言う者があれば席を立って部屋に戻ってしまうというほどの、草野心平の「逆鱗」に触れた話だった。この話は、会津に生まれ育った私には胸のすく嬉しい話だった。

また、もう一つ逆鱗に触れた話があって、ある人が「宮沢賢治は、父親と宗教のことで喧嘩をして東京に出たそうですね」と言った時のことだそうだ。

宮沢賢治は草野心平が中国で詩の同人雑誌を出した時の会員の一人で、賢治の本の出版の際に草野心平が力を貸したのだと言う。そんな関係もあって、宮沢賢治を良く知る草野心平は、逆鱗を震わして「宮沢賢治は父親と宗教論争をして家を出たが、まっすぐに東京に行ったのではない。仙台で一度降りたんだ。そして、ひと汽車遅れて東京に行ったんだ」と語気荒く言ったという。

賢治の心の葛藤を思えば、「途中下車をした」こと、「ひと汽車遅れて東京に行った」ということは、端折られていいものでは決してないと言ったという。

宮沢賢治という人の歴史をたどれば、「父親と喧嘩別れして上京した」という事実に行き当たる。しかし、それは「知る」ことでしかない。草野心平のいう端折ってはならない部分に心をとどめると、賢治の痛みが胸に押し寄せて涙がこみ上げてくる。

「あちら側に身を置く」という、この草野心平の心の立ち位置こそ、以前先生が「『子どもの言葉』、あれがよくわかった。心平先生のこと話そうと思って勉強してみて、よくわかった」という意味かも知れなかった。

草野心平はカエルの側からカエルの言葉を書き、白虎隊や宮沢賢治の側から物事を見ていた。子どもたちは、アニミズムと同居し即座に向こう側に身を置くことができる。つまり、「向こう側から見る目」の共通性だったのではないかと思う。人間の本質は子ども時代にあり、草野心平は子ども心を持ち続けた人なのかもしれない。

私の大切なものの一つ、草野心平自作の詩を自ら朗読したテープが手元にある。やはり佐藤先生から送られてきたものである。カエル語とも言うべき言葉が、カエルの側からリズムを持って語られている。

カエルが好きとか嫌いとかではなく、「心平さんがカエルの側から語っている」という佐藤先生の言葉に大きく頷けるのである。

逆鱗

平成八年十一月、会津本郷町（現会津美里町）の出身、詩人羽曽部忠さんの「詩碑建立除幕式」が行われた。羽曾部さんの詩は光村書房の国語の教科書の四、五、六年生の扉にも載っている。ちなみに一、二、三年生は、まどみちおさんの詩だった。

教科書つながりではなく、羽曾部さんはまどみちおさんと深い親交があった。自分よりも若くして逝ってしまった羽曾部さんの詩碑に刻む文字は、まどみちおさんの文字による。その除幕式に、まどみちおさんが本郷の地においで下さった。

あいにくその日は台風に見舞われ、建立の地で除幕式を行うことはできなかったが、そのあと「蛍の宿」として羽曾部さんが愛した宿で懇親会が持たれた。その時、東北を中心とした詩人たちも宿泊し様々な言葉の海となった。その中で、一人の女性が「子どもの言葉を大人が書きとめるのは、半分インチキだと思う。ある人に、子どもの言葉に惑わされるなと言われた」と声を大にして言った。その発言に、子どもの言葉に関わっていた私は、生意気にも少々反論してしまった。

そんな話を佐藤先生にすると、「子どもを人間の根っこから見るのではなく、大人の側から見ているのかもしれませんね」とやわらかに言われた。その言葉にまずは胸のつかえは下り、私にもまだ未熟ながらの逆鱗があるのかも知れないと思った。

同じ年の同じ月、ある表彰式が東京で行われたとか。佐藤先生をはじめ二七，八人が表彰され、代表で一人の方が謝辞を述べられたのだそうだ。それは、「子どもを変えていかなければならない。それが私たちの役目だ」というような内容だったという。

その輪郭を話された後、突然に「オレ、きかんぼになったのかな」と、先生が言った。「えっ？」と、私は意味が解らず驚いた。聞けば、その表彰式の後の懇親会で二名がテーブルスピーチに指名され、そのうちの一人が佐藤先生だったという。

「先ほどの謝辞の中で子どもを変えるという話があったが、私も三十年くらい前にはそう思うこともあった。しかし、子どもに学んできた。子どもに変えられてきた」というような内容を話されたという。

「言葉を選んで柔らかく言ったつもりだけれども……。後で、ある新聞社の人が来て、『かなり厳しかったですね』なんて言っていました。でもね、スピーチの後で共感してくれた人たちが何人も来てね、ビールは飲めないからジュースをついでくれましたよ。そして、食べ物をとってくれたり、今度訪ねてくるという人が四人ほどいました」そう話した後、もう一度「オレ、子どもん時みたいにきかんぼになったのかなぁ」と言った。

もしかしたら、謝辞を述べられた人を気遣っていたのかも知れない。しかし、「他のことはそれぞれと思っても、ここだけは譲れないってところがあるのね」と、そう言った。かつて「きかんぼ」の担任を率先して望んでいた私は、「きかんぼの子ども大好きですよ」というと、「あっはっは」と先生は大きな声で笑った。

あれはきっと、先生の逆鱗！　それにしても、同じ年の同じ月、老龍と幼龍が逆鱗を震わせていたかと思うと少々おかしくもある。

逆鱗を持たない龍は龍ではなく、小さくても幼くても、龍は龍。人間は、どこかにきっと龍を住まわせている。

むかしの話

折に触れて本やテープを送ってくださる先生に、その日もお礼の電話をした。すると、「あなたに関係のあるものは送るから、いいと思うものは聴いてください」と言われる。「先生の送ってくださるものはみんないいですよ」と言うと、「おれ、何回殺されるかわかんないなぁ」と照れ隠しの冗談を言い、すぐに「青い窓」の連載についての話になった。

「来年は『無師の師』について連載しようと思うの。いっぱいあるのね。校庭の水たまりとか砂場とかね…」

「ホント、子どもって教室以外のところで学ぶことって多いのですね」と話が弾み、いつしか私の子どもの頃の話になっていた。

「今は『子供会』に大人が大きく関わっていますが、私が子どもの頃は子どもだけの『子供会』があったんですよ」

「そぉう、子どもだけの子供会があったの。江戸時代には、子ども組っていうのがあったんですよ。……そぉう、昭和三十年代にはまだ残っていたんだねぇ」

子ども時代の話はだんだん移り進み、「先生は郡山育ちだから、プールで泳いだんでしょう?」という話になった。

「えぇ、中学生の頃にプールができましたから、泳ぎましたよ」

「私はプールなんてなかったから、堤や川で泳いでいました。私たちはお転婆が当り前で、男の子とも女の子ともつかず山猿のようでした。町場の同い年の人に比べると、まったく時代が違って感じられます。私、先生より年上のような気がします」

先生は、私の父と同じほどの年。かれこれ三十年も違うのに、都市部と田舎ではこうも時差があるものかと驚かされたのだった。

そして、そんな昔の話はいつしか「青い窓」創設当時の話になった。

「青い窓は、『よく見つめ、よく考え、丁寧に生きましょう』というのが、最初からの言葉なんですね。この『丁寧に生きましょう』ということについては、いろいろ言われたりしましたねぇ」と先生がしみじみと言う。「丁寧に生きる」という、この言葉の中の問題点が私にはよくわからなかった。

「今でこそ『生きる力』などと打ち出されてきましたが、「青い窓」創設当時は子どもの詩にまだ赤ペンを入れる時代でしたからね。そんな時に『丁寧に生きましょう』というのは受け入れられない部分がありましたね……」そう、先生は付け加えた。

戦中戦後という時代の背景は、プールがあったか無かったかどころの話ではないようだ。子どもの人権が語られていた。

そして、お母さんを亡くした子どもが、「お母さん」という言葉を何度も何度も書いた詩を例にして、詩にはこんなに何度も同じ言葉を描く必要がないと言ってしまいがちなこと、子どもの心より詩としてのスタイル、形を整えることや技術的なことの方が先行してしまいがちなこと、しかしそうではなく、上手い詩を書かせるのでもなく、子どもの心を受け止めることが大切だと話された。

何時か、昭和二十年代に始まった初期の「青い窓」の話をしてくれたことがあった。「当時、三つの派があった。芸術派—これは『赤い鳥』が大正時代に行った芸術としての詩。生活派—戦後の民主主義から生まれた、綴り方などに始まるもの。たいなあ方式—フロイトの精神分析が背後にある」そう説明した後で、「たいなぁ方式は、子どもの欲望を掘り起こそうという『欲望』だから、最初に消えましたね。…『青い窓』は、芸術派でもなく生活派を選んだんです」ということだった。

時代は移り変わり、生活も変われば人間の思いや教育の方法も内容も変化していく。便利で豊かな生活様式や、子どもが一人の人間として尊重されるようになった歴史はまだ浅いけれど大切な変化である。しかし、見間違えてはいけないこともある。流行と共に歩む不易、人間や子どもの本質は変わらないということである。

子どもの言葉を詩的だ、芸術的だと、大人の感覚で子どもの言葉を見てはいけないと、子どもの言葉に関わる自分自身を戒めたのだった。

先生の引き出し

ある町の教育研究会での講演について、先生が電話をくださった。

りょうすけくん「ぼくはスキーもスケートも全然滑れません」

たくやくん「ぼくは転べるよ」

この口頭詩を例に挙げて、「大人は転ぶことをできることの中に入れていないが、子どもはきちんとできることとしている」と話されたという。

講演の最後の御礼の場面で、三十年先生をやってきたという校長先生が、「あのお話で、私は悟りました」と言ってくださったそうだ。その言葉が嬉しそうだったが、「私は見落としていたことたくさんあるのかもしれないと思ってね、もう一回『あのね』を読み返してみようと思っているの」と、更に深く考えようという姿勢だ。

「宮本常一さんのこと考えていたの。前に話したでしょう。民俗資料館でのこと」

「ええ、あの壊れた糸車の……」

「うん、そう。資料館の人がAとBとCの間にあるはずのものを壊れているからしまっておいたと言ったら、宮本さん怒ったのね。それでは骨董趣味だと。その時、私は宮本さんの隣りに居合わせたでしょう。それで、文化は失敗がバネになった歴史だと、宮本さんの話を聞いて考えたのね」

民俗学者の宮本さんの話を反芻しながら、子どもが言った『転べる』に思いを繋げているようだった。

「転べる」は「転ぶ」と違う。壊れた糸車は、展示に値しないのではない。共にその隙間には、次に高く飛ぶための可能性というバネがある。子どもしかり！」そういった話だったのに、私はそんな言葉を生み出す子どもの不思議さに気持ちが飛んでしまった。

「本当に子どもってすごいですよね。わずか四、五年しか生きていないのに、どこからこんな言葉が出てくるのか不思議で仕方がないんです」と。

そんな方向転換にも、先生はスムーズに滑り出す。

「それはプラトンの想起説でしょう。プラトンは、人は生まれる前に全部知っていて、生まれた時に忘れて、その後思い出すだけだと、そう言っているんですね」と。

「子どもはいつも向こう側から人間を見ているんですね。花の側、虫の側に立ってものを言うし、あちらの世界にもこちらの世界にも行ったり来たりするんですね」と私が言うと、「それをね、アナムネーシスというんですよ。プラトンの想起説、生まれてくる前に全宇宙を知っているということね。だからヨーロッパでは『発達』といわず、アナムネーシスが基礎になって『引き出す』というんですよ」と話された。

「それはいつも先生がおっしゃっていることと同じでしょう。河井寛治郎さんが『この世は自分に会いに来たところ』と言っているのと同じでしょう」というと、「あっそうだ、ホントだね。えらいね、オレそこまで考えていなかった」と褒めてくださったので、「先生はそれをちゃんととらえて、前から言っていらっしゃったんだから、エライ！」と、私も言って笑いあった。褒め合いの、楽しい「授業」だった。

そんなこんな、例え話が流れても、どんな方向から私が話そうとも、先生からは深くて興味深い話が返ってくる。かつて先生が「整理と整頓は違って、分けて整理するばかりでなく必要なものをいつでもすぐに取り出せるように整頓しておくことが大切です」と話していたことがあった。

なるほど、先生の脳の引き出しはしっかりと整理整頓されているのだろう。そして、「引きだしの数はいくつあるのだろう」と、ふと思う。

水無月無礼

ある時、会津での小学校の研究会に招かれた先生と県立博物館で待ち合わせをした。昼食を共にした後すぐ、二時頃の電車で郡山に戻るという。「そんなに早く帰られるんなら、この後私どうしましょう」と冗談っぽく私が言うと、手引きをしてこられた和泉さんが「郡山に行きませんか」と冗談を返した。そして、その冗談同士の調子に載って「じゃ、郡山まで行きましょうか」と、途中でデザート用のケーキを買い、和泉さんのお宅まで行くことになった。

途中車の中で、「白いシャツでない上に、上着を着てこなかった」と先生が話された。その意味は、講演の前に和泉さんがその場の状況が見えるようにと、「校長先生はじめ役員の先生方がみんな上着を着ておられます」と伝え、そこで自分が上着を着てこなかったことの失礼に気付かれたとのこと。

「それで、苦し紛れに『水無月無礼』という言葉があって……と話したのね」

七月ではあったけれど、旧暦の水無月を以て無礼を暗に詫びられたのだという。

さて、そんな略式の話から、以前の文化功労賞をいただきに行く時の話になった。

「授賞式の日、式にはモーニング着て行かないとだめだっていうのね。だから、オレ、モーニング着ないとだめならいらないって言ったのね。そしたら、和さんが三谷さんに言ってね、三谷さんから『賞をくれる人がモーニング着てるんだから、貰う人も来た方がいい』って言われて……。それで貸衣装屋さんから借りて着て行ったのね」と笑われた。和さんとは「街こおりやま」編集長の伊藤和さん、三谷さんとは先生が「年下の先輩」と敬愛する詩人の三谷晃一さんのことで、その二人への反省を込めてか「駄々をこねたって思われたかもしれないね」と加えられた。

でも本当は、「駄々をこねたわけではなく、ありのままの自分でいたかった」と、そう言いたかったのではないかと思った。

私は、明治に生きた福祉の母と呼ばれる会津の瓜生岩子を思い出した。他の人のために尽くした岩子は、贅沢というものをしたことがなかった。他の人からもらった着物も、例え受賞の際に賜った着物であろうとすべて貧しい人に分け与えたのだという。そんな、質素が常の岩子は、皇后陛下に拝謁の折も、木綿の着物での拝謁が許されたという。

一人での郡山からの帰り道は、「水無月無礼」を反芻していた。「水無月」は陰暦六月を指し、「無」は無いのではなく、「有」を意味して「水のある月」ということになる。つまり、田んぼに水の入る夏、その暑い時期に正装を少々崩しても咎めないのが「水無月無礼」であり、今でいうクールビズというわけだ。

ただ、日本で「クールビズ」がスタートしたのは平成十七年からのことである。温暖化対策として生まれた「クールビズ」という造語以前に、すでに日本にはその心がけが存在していた。そして、佐藤先生がこの「水無月無礼」を用いたのは、クールビズスタートの八年前となる。

温暖化対策などと仰々しいものではなくて、日本の気候に合わせた自然で質素な暮らしを営むこと。そうありたいと願う、「モーニングを着たくない」「水無月無礼」の話しだったのかも知れない。

追加講演

若松の文化センターで先生の講演会があり、その中に少子化の話があった。少子化は経済優先の工業化から来たという話が心に残りながらも、なかなか自分のものに整理されず、電話にての再講演をいただくことにした。

まず、「大家族制は『農業』に基づくもので、農業は老人でも子どもでも誰でも働けて人手が必要だということ。だから、農業国には失業もなく、老人、子どもの問題、更にごみの問題もない。しかし、工業国には、老人子どもは働けず、人が多くなると失業問題が出てくる。そうすれば人は少ない方が良く、少子化になってくる。女性の自立というよりも、工業国が少子化を生み出している」という話だった。

そして、日本の工業化の歴史にも話が及んだ。「昭和三十五年が工業化の始まりで、その時点では五十数パーセントが農業人口だった。池田首相が『貧乏人は麦を食え』と言って非難を浴びた年でもある。その池田首相の所得倍増計画によって、農業は二十パーセントになり六割の減になった。そして、昭和三十九年のオリンピックで、更に日本の工業化が進むことになった。経済優先、工業優先が、現代の社会を作った。

農業や自営業者も一斉にサラリーマン化し、サラリーマンに必要なものとして学歴が求められ、否応なく工業社会に引き込まれていくことになった。農業は心が豊かになり、工業は物が豊かになる。そして、老人問題や少子化の問題は、工業国が引き起こしている」と話は続いた。

更に、少子化の問題として、兄弟間で育つものがなくなる。小学生の書いた、兄が眠ってから、弟は兄に鼻くそをつけたと言う「はなくそ」という詩の例をあげて、「つまり、ストレス解消を自分で行っている。自己カウンセリングですね」と言う。

また、大家族について、「父母が受け持つこととして『生きることを教える』、祖父母は『生きたことを教える』。他人とは違う他者として『社会人の関係のトレーニング』があり、一つ屋根の下で社会人の下準備をする。社会に出てから訓練に入るとギスギスしたものになってしまうが、兄弟間ではそれが育てられる」そんな話だった。

ただ単に働く女性が生み出した少子化ではなく、もっと大きな経済や社会のうねりが様々なものを生み出しているということに気付かされた。

追加の電話講演に、私は大きく頷いたのだった。

双眼の色

「君看よ　双眼の色　語らざれば憂いなきに似たり」

ある日の、電話講義のまくらの話だった。

後になって知ったことだが、「千峯雨霽露光冷（せんぽうあめはれて、ろこうすさまじ）」という大燈国師の詩に白隠禅師がつけた言葉で、禅語としてもまた良寛さんが愛した言葉としても知られているそうである。ちなみに良寛さんのその書は、岡山美術館にもあるのだとか。

前段の大燈国師の詩は、雨上がりの山水画風の風景が謳われている。そして佐藤先生の言う「君看よ……」だが、直訳なら「その眼を見てごらんなさい。何も言わなければ憂いなどないように見える」ということかと思う。しかし、本当の意味はこの言葉の奥にあるらしい。

「人は、語らないのではなく、語れないほどの悲しみを抱いて生きている」しかし、「その深い悲しみを耐えればこそ、人の痛みがわかる人になる」というような導きになるようだ。

この頃、先生は時々岳温泉のある「岳」に行きたいと話した。岳は、先生が失明という青天の霹靂に向かい合わなければならなくなった、その現実との葛藤、そして道元と出会い自分を鎮めた地だと、いつか聞いたことがあった。そんな重い話にもかかわらず、先生は自分の身に起きたことはいつもさらりと話していた。

「君看よ　双眼の色　語らざれば憂いなきに似たり」

今しみじみと思う。佐藤先生の閉じられた双眼、語らないのではなく語れないほどの悲しみや絶望が奥に沈んでいたのではないかと。そして、そこを潜り抜けた蒸留水の一滴から、その人格が抽出されたのだろうと。初めて出会った時に感じたあの静けさは、この涼やかなさらりとした味だったのかも知れない。

ただ、さらりとではなく、先生が楽しそうに話す自分史もあった。

「子どもの頃に阿武隈川の河川工事があってね、そこにトロッコがあったの。昼間行くと叱られるので、夜に行って遊んだの」小学校五、六年の頃の話。

「夜九時頃に二階の部屋から抜け出して、一時間くらい歩いてトロッコのあるところに行き、線路の上を押して加速をつけ、飛び乗って遊んだの」

たった一人で、夜の十二時ころまでそうして遊んだのだという。穏やかな時代でもあったのだろうが、私が「不良少年ですね」と笑って言うと、否定もせずに「汽車とかトロッコとか走るものが好きだった」と懐かしそうに話された。

まだ憂いなどない双眼からの、まっすぐに語られた話だった。

それにしても、真夜中にたった一人でトロッコにのって遊ぶ姿を思い浮かべると、まるで童話の中の少年のようだと、私は「くすっ」と笑った

五十年中の二十年

平成二十年十月十日、佐藤浩先生が亡くなられた。大正の時代に生まれ、昭和の時代に「青い窓」を立ち上げ、平成までの三つの時代を生きて八十七歳の生涯を閉じた。

その二日後の十月十二日、「青い窓　五十周年」のお祝い会が行われることになっていた。五十年という年月は誰をも老いさせる。佐藤先生がもはや出席できる健康状態ではないことを知りつつも、五十年という節目をささやかに祝おうと計画されていたのだった。佐藤先生の訃報を受けながらも、会は予定通りに開催された。悲しみはもちろんあったけれど、佐藤先生のためにも祝いたい五十年だった。

この会に先生が出席していないことは物理的には誰もが知っているけれど、それでも

真ん中に華やかに座っていると誰もが思っていた。「青い窓の佐藤浩、佐藤浩の青い窓！」「この会はやっぱり先生がいないとね」「先生は、こういう形で自分の五十年を締めくくられたんだね」「さすが先生、天晴れ！」等々、みんなが見えない先生を囲んでいた。

私にとっても、「死もまた一つの整理だから」とさらりと話す先生がそこにいて、本当に「一緒に五十周年を祝っている」というような思いだった。どこか物理を越えた、不思議な五十周年のお祝いの会だった。

会が終わると、多くの人が先生のお通夜に移動し、私も裏方のお手伝いを少しさせてもらってから帰宅した。

何年のお付き合いをさせていただいただろうか。実際に出会った昭和六十三年、平成二十年まで、数えればちょうど二十年という年月になる。五十年中の二十年…その間、実際には何度お会いできたのだろうか。そんなに多い数の時間でもない。でも、電話という文明の利器が、先生のたくさんの言葉を私に届けてくれた。学生時代までの学びでは経験したことのなかった不思議な授業を、私は二十年にわたって受けることができたのだ。

人は、人生で三人の師に恵まれるという。その三人の中の一人が、私にとっては佐藤浩という人だった。もし先生と出会わなかったら、私は精神的な人生をどう歩んでいたのだろうか。先生がいて、自分では選ぶことのなかった分野の本を読む機会を得、ラジオの深夜放送のコピーのテープを聴き、苦手だった科学も面白く感じ、興味関心の幅を広げてもらい、一生出会わずにしまった筈の人とも出会わせてもらえた。そして、数えきれないほどの回数と時間をかけた「電話講演」に好奇心をくすぐられ、楽しく幸せな時間を紡ぐことができた。

「先生のおかげです」とお礼を言ったら、いつものように「いいや、それは自分自身に出会っただけですよ」と、私を受け身ではなく主体に仕立ててくれるに違いない。でも、「先生はいつも『素晴らしい人間に出会うのではなく、人間の素晴らしさに出会うのです』と言っていたけれど、でも『素晴らしい人に出会えたと私は思っています』」と言葉を返そうかと思っている。

何時だったか、様々な本やテープを惜しげもなく送ってくれる先生に「何とお礼を言っていいのかわからない」と言ったことがあった。その時、先生は確か「あなたに預けますから」と言った。私は先生からの学びを「頂いた」つもりでいたけれど、命と同様に前を歩いた人からの預かりものだったのかもしれない。

……これは、先生が私に課した大きな宿題なのだろうか。

……だとしたら、宿題を抱えて私の数年が流れた。

……私は、預かり物を少しでも次代へと渡すことができているのだろうか。たくさんの質問と疑問を抱えてあの頃の黒電話のダイヤルを回し、願わくば、もう一度先生の「電話講演」を聴きたいものである。

想

さとうひろしと私

佐藤浩先生と「眼聴耳視」

エッセイスト　大石　邦子

家の奥の床の間に、平成になる前からかけられている掛け軸がある。私の友人が、別れの記念に贈ってくれたものである。

彼女は会津のザベリオ学園の数学教師だったが、長年の希望であった修道院入りを決め、昭和の時代が終り平成元年の3月に、北海道は函館のトラピスチヌ修道院に旅立った。

誰からも慕われた教師で、頭のいい、穏やかな女性だった。書道にも長けていた。

或る時、彼女が言った。

「今、心に残る、大切な言葉ってある？　あれば、教えて」

私は、即座に応えた。「眼聴耳視」

彼女は、一瞬，えっ！という顔をしたが、私が文字を掌に書いて説明すると、直ぐに頷き、「禅の言葉かな、いい言葉ね」、と言った。

彼女は、その言葉を自分の師匠である東京の書の先生に書いて貰い、掛け軸として贈ってくれたのである。

この30年、静かな日々も嵐の日々も、黙して、私の生き方を見ていてくれた掛け軸だった。

私が長い闘病生活を経て、自宅に戻ったのは昭和51年である。その頃、私は指を折りながら短歌を作っていた。まだ若かった。

20代で車椅子になってしまった私を不憫に思われてか、心にかけて下さる方々もあった。地域で生きる覚悟を決めた私には、有難く大きな力だった。

無論お会いしたこともない郡山の歌人・阿久津善治先生も、そのお一人で、時折電話を下さるようになり、会津に来られると立ち寄って下さることもあった。

私の憧れていた児童詩誌、「青い窓」の主宰者である詩人の佐藤浩先生に紹介して下さったのも、阿久津先生だった。

佐藤先生は、阿久津先生の一つ年長で、同世代の仲良し文学仲間だったようである。

それなのに阿久津先生は、かねてから患っていた病状が悪化してか、昭和63年、平成の世を見ることなく65歳の人生を終えてしまわれた。

私は、佐藤先生とも、直接お会いしたことは、数えるほどしかない。いつも電話だった。先生の生活の様子が、よく分からなかったので、私から電話をすることは控えた。急いで、転んだりしてしまうことを怖れた。電話の音には、つい急いでしまう。私も慌てて転び、手首を痛めたことがある。私にとって、利き手は全身に等しい。目の不自由な先生にとっても、大変なことになってしまうような気がした。

先生との電話でのお喋りは、私の人生に、私の生き方に、どれほど大きな示唆を与えてくれたかわからない。

私も先生も、人の手を借りなければ生きられない人生を生きていた。そんな思いの有難さや、寂しさを、ふと漏らしたことから、先生の前では、見栄も外聞もなく本音を話してもいいのだと勝手に思っていた。そして、それを許して下さった先生だった。

私は、見えない世界は分らないが、私の叔母も，先生と同じような状況から失明した。子どもが生まれて、日に日に、子どもの顔が見えなくなってゆき、遂に6歳の時に全く見えなくなったという。子どもを連れて叔母は離縁し、私たちと共に暮らした。

叔母が呟く悲しみを、何度か聞いたことがある。先生は、そうした次元を超越しておられたが、超越しても尚、時には、溢れてくる悲しみや、寂しさがあってもおかしくはないだろう。

先生は、視力が悪化してゆくなかで、歯科医師になるべき道を諦め、郷里に戻り代用教員をしていた時代があったという。

その頃、諦めた筈の悲しみや、焦りが、ふと突き上げてくることもあって、そんな時、校庭の隅の鉄棒に額を押し当てて、心の鎮まりを待っていたこともあると、聞いた。

鉄棒で負傷されて失明したのに、何故、鉄棒なのか、私は混乱したが、決して弱音を吐かない先生の胸の内を知った一瞬だった。

先生が「眼聴耳視」の話をして下さったのは、出会って間もなくの頃だった。この言葉は、先生の敬愛する陶芸家、河井寛次郎の大好きな言葉だったという。

彼は、文化勲章も、人間国宝も辞退した無位無冠の芸術家であり、自由の人だった。河井寛次郎が愛し、佐藤浩先生が愛した「眼聴耳視」。何度も心でつぶやきながら、いつしか私も、この言葉が、私の人生の「道しるべ」ともなりつつあることを思った。

「青い窓」の子ども達の詩を話されるとき、先生は「眼聴耳視」の心を分かりやすく、詩に重ねて話して下さる。

「青い窓」は、柏屋さんの絶対的協力のもとに、佐藤浩先生を中心とする仲間4人で創刊した日本初の月刊児童詩誌だった。

いつ読んでも、優しく、嬉しく、一生懸命で、微笑ましい詩が並ぶ。

後に、私の町の本郷幼稚園の子ども達の「あのね」も、「青い窓」詩上に載るようになり、次号が待たれたものだった。

「青い窓」を読みながら、いつも思う。私たちにも、鳥や、花や、虫や、風の言葉が聞こえるような、こんな純真な時代があったはずなのだと。

それが大人になるにしたがって、私たちは、「眼で見て、耳で聴く」ばかりの人になってしまっていたのかもしれないと。

詩も歌もエッセイも、「眼で聴いて、耳で視る」心の深さがあってこそ、読む者の心を打つものになるのだと、先生は言われた。

見えないものを見ようとし、聴こえないものを聴こうとする中から、深い文章は生まれてくるのだと。

これは、文学によらず、むしろ日々生きる私たちの生き方そのものに、問われていることでもあるのだと、私も、その頃から思うようになった。

いつだったか、先生はとても嬉しそうに、京都の河井寛次郎記念館に、彼の書になる「眼聴耳視」の額装を見に行って来るのだと、電話を下さった。

この言葉は、道元禅師のものだそうだが、河井寛次郎が好んで使ったこともあって、広く知られるようになったらしい。

記念館で、先生は書の前にじっと佇み、作品からの波長を全身で受け止めておられたのだろうと思う。

長年の夢がようやく叶えられたのだ。夢が叶う嬉しさは、ひとりでは叶えられない人であればあるほど、その喜びは大きい。だからか、先生の感動が私にも映ったように嬉しかった。

私が初めて、先生に直接お目にかかったのは、先生が私たちの町の幼稚園に講演に来られて、その後に、連れられて鶴賀イチさんのご自宅に伺った時である。鶴賀さんは幼稚園の当時主任さんだった。

鶴賀さんの家はお蕎麦屋さんで、佐藤先生と介助の方、詩人の村野井幸雄先生と、私は、一番粉で打った、美味しい白い生蕎麦をご馳走になった。

終始にこやかな先生が、その席で、私の手を握りしめ、会えてうれしいと言って下さったことが、今なお胸に残っている。

先生は、電話の時もそうだが、声でこちらの状況がすぐにわかってしまう。誤魔化しは聞かない。耳で視ておられるのだ。


郡山の開成山の柏屋さんで、「青い窓」の展示会があった時、私も案内を頂いた。あれも、何十周年かの行事だったのだろうか。

説明して下さったのは佐藤先生だった。会場が二階だったが、お店の方が、おんぶして下さった。

先生が一つ一つの作品を、それは愛しげに、そこに描かれた詩の世界を私に語って下さった。こんなに勿体なく、解説付きの贅沢な展示会は初めてだった。あのお店の前を通るたびに、あの日のことを思い出す。


先生が私に電話を下さるときは、いつもご自宅のご自分のお部屋からだった。一番自由で、安心できる場所だったと思う。

見えないという世界にあって、この部屋だけは、はっきり心の目に映っていたのではないかと思う。

傍らには、大切な物が入っているカバンが一つ、いつも手の届くところにある、これがないと困ってしまうのだと言われた。

何が入っているのですか、と訊ねると、先生は笑いながら、知人友人の連絡先、日程表などもね。その他もろもろ、点字での僕の7つ道具です。そう言われて、妙に納得した私だった。


それから、間もなくだった。先生がどこへ行くにも大事に持っていたカバンが盗まれた、といううわさを聞いた。選りにもよって、目の見えない先生の目の代わりともなっているカバンを盗むとは、怒りが収まらなかった。いや、怒りというより、切なさだった。

先生は、私たちの想像もできない程の戸惑いと、不安の中におられる筈だった。

その後、先生からの音信は途絶えた。

1年余り過ぎた頃、入院されていると知り、病院を訪ねたが、私は声をかけられずに病室を出た。

誰と行ったかさえ覚えていない。「青い窓」時代の生き生きとした先生の面影はなかった。面影はなくとも、先生の偉大な功績、偉大な足跡は消えない。

「青い窓」の爽やかな風は、これからもずっと、私たちの心を癒し続けてくれるだろう。

平成20年、私は癌になり、福島医大に入院した。9月9日、全摘手術を受けた。

その一カ月後の、10月10日、佐藤浩先生が亡くなられた。

ようやく、この世の苦悩から解き放たれた先生を想った。「青い窓」創刊50周年の年だった。88歳だった。

あれから10年、今年は創刊60周年の記念すべき年という。今は亡き先生も、どんなにか喜んでおられることだろう。

大石邦子
会津美里町在住。エッセイスト、歌人。
「この命ある限り」「この生命を凛と生きる」など著書多数。福島県文学賞正賞（短歌）、県出版文学賞、県文化功労賞、文部科学大臣表彰（地域文化）など受賞。全国で講演活動を行っている。

約束の10秒

パーソナリティ　菅原　美智子

ラジオ福島で「子供の夢の青い窓」が今の形（月曜日から金曜日の10時15分から10時20分）で放送するようになって30年が経ちました。番組では、青い窓の会に寄せられた子どもたちの作品を紹介しながら佐藤浩先生に詩の解説をしていただいていました。

佐藤浩先生と私の出会いは平成元年、「子供の夢の青い窓」を担当することになったときでした。当時番組の収録は郡山市菜根にある郡山支社に併設してあるスタジオで行っていて事務所とは別棟になっておりスタジオ特有の分厚い頑丈な扉を開けるとバリアフリーとは程遠い、いくつもの段差をまたいで佐藤先生には収録用の席についていただいていました。

玄関からわずかの距離ではあるもののご高齢になり、段差を超えるために足を極端にあげたりするには大変で、佐藤先生が出来るだけ歩きやすいところがいいのではないかという意見があり、収録の場所を郡山市香久池にある身障者センターに移すことになったのです。佐藤先生は身障者センターではすでに俳句教室を開催していて慣れ親しんだ場所での収録は幾分リラックスした印象でした。

取材にはマイク、マイクスタンド、詩の朗読の再生用カセット、収録用の機材・オープンデッキ（当時はまだオープンテープを使っていた時期がありのちにDATテープに変わる）が必要で、これらをまとめると相当の重さ、たぶん20キロくらいになるのでそのほとんどを身障者センターに置きっぱなしにしていただき、取材の度に収録できるようにセッティングしていました。セッティングするには多少の時間が掛かり、その間に何気ない話で先生と会話をしながら、収録の緊張感を和らげるように、というよりは先生との会話のリズムを図っていたようにも記憶しています。

取材のためお借りしていたのは視聴覚室で部屋の中にはステレオやカラオケセットがおかれ機材にとり囲まれた中での収録でした。

佐藤先生がまず席に付かれたら、肩から斜めに掛けていた黒いバック（このバックには点訳機が入っており、いつも持ち歩いていらした）を外し椅子のわきに置きます。次に机の広さを確認し、机上を時計に見立てマイクや収録用の機材がどの位置にあるかをすべて手で触っていただき確認、例えば3時の方向に録音機が12時の方向にマイクがあるなどです。

次に鞄の中から点字に翻訳された原稿を取り出し、マイクスタンドの前に置きこれで収録の準備完了。

一回の放送は5分間なので、お子さんの詩の長さによって佐藤先生のコメントの長さは日によっては30秒、45秒、56秒とまちまちで、そのコメントについては、収録の場面で話す長さをお願いするようになっていました。2週間分のまとめ録り。一回毎にどんな作品なのか詩を聞いていただき、なおかつ先生が点字で作品を再度確認、そしてコメントをお話いただくという手順です。この時43秒のコメントであれば10秒前の33秒経過したところで先生の手の甲をポンと叩いて〝あと10秒です、お話をまとめてください。〟という合図をするのです。

驚くべきは、その10秒をほぼ守ってくださったこと。ストップウオッチを見ながら制限時間を確認することはたやすいことかもしれませんが、目のご不自由な方の時間感覚、特に佐藤先生の秒単位の感覚には訓練をうけたアナウンサーからしても驚くべき感覚でした。あと10秒、されど10秒、この10秒の中には先生が伝えたいことが凝縮されていて、最も大切な時間であったと思います。

昭和33年に始まった児童詩誌「青い窓」に寄せられた子どもたちの詩を通して見えてきたもの、それは、行き過ぎた経済の発展や環境破壊への警告だからこそ、子どもの目線を忘れない、ということでした。先生は子どもたちの理解者でありその思いを残り10秒の中に子どもたちのメッセージを込められたのだと思います。40秒の中の10秒、30秒の中の10秒、1分の中の10秒、何としても佐藤先生が伝えたい思いを込めた貴重な時間でした。

佐藤浩先生は中学3年生の時に鉄棒の事故で両目を強く打ち左目を失明、そののち成人して、最初に赴任した郡山市立根木屋小学校時代にもう片方の目を失明、その後、県立盲学校にて、点字・マッサージを学び、教師の道は退かれたものの、当時郡山市は東北のシカゴなどと言われた時代にあって、子どもたちが自由に遊ぶ場所がない、子どもたちを解放したいという思いを共有した仲間（先生はガキ大将仲間とおっしゃっていた）が、「青い窓」を立ちあげました。昭和33年のことです。子どもたちの解放とは、子どもたちに自由に詩を書いてもらい、心を解放しようというものだが、当時は子どもに詩を書けるはずがないと、大人が詩を書いて投稿してきたそうです。何年か経ち佐藤先生たちの呼びかけが浸透し、学校でも詩の教室が開かれ、青い窓には子どもたちの詩が寄せられるようになりました。

その子どもたちの詩は今でも変わらず、背景にイラストが描かれ柏屋のウインドウーに飾られており、道行く人やお菓子を求めて店内に入るに前に足を止めて子どもの詩に目をやる人々は少なくありません。佐藤先生が出会った方のおひとりで、一燈園同人の石川洋さんは、佐藤先生のことについて、「目の不自由な人はまるで眼が見えるようにものを言われるというが、佐藤浩先生の話は、真実を見据えての、見えないものの奥にあるものに語りかけておられるような深さを感じさせられた。先生のお話の内容は「眼聴耳視」（物の本質をとらえるには目で聴き、耳で視なければならない）という、人間の生き方の本流に迫るものであった。」と記述しています。

私が番組を担当させていただいて30年になります。月曜日から木曜日は子どもの作品を私が朗読しています。担当当初は、子どもの詩をどのように朗読すればよいのか悩みました。子どもの詩だから子どものような幼い声で読むのか、詩を書いた時の子どもの気持ちを推し量るようにはしゃいだり、落ち込んだり、どんな声を演出するのがいいのか随分迷いました。

しかし、佐藤先生と仕事をさせていただくとすべてを見透かされるような感覚になり、飾りつけるより、今の声を最大限生かして子どもの詩に寄り添うことが大事だと思うようになり、〝子どもの詩は子どもっぽく〟という概念はなくなりました。

作品を読むときの〝覚悟〟のようなものが出来たようにおもいます。以来30年間で読ませていただいた作品はおよそ５８００編になりました。

一編一編がみんなきらきらしていて読むたびに気持ちがリフレッシュします。

子どもの詩は昔の自分を思い出させてくれたり、以前の暮らしぶりをよみがえらせてくれたりします。こんな時代が自分にもあったんだと、郷愁と、さらには、子どもの詩を借りて自分も作品の中に入り込み一緒に冒険をしていることもあます。

リスナーからの、「子どもの詩っていいね。心が浄化されるようです。」と寄せられる反響には、やはり聞く人が忘れ物を取りに子ども時代にタイムスリップしているのではないかと想像しています。

佐藤先生との収録は、子どもの詩を通してそこから見えてくるもの、大人が忘れかけている事、子どもの鋭い観察力、子どもたちが言葉の裏にひそかに忍びこませた心の動きを見逃さない深い人間洞察から生まれたコメントであり私にとっては学びの連続でした。

今でも先生がおっしゃったことで忘れられない言葉があります。

「丁寧に生きなさい。」はっとしました。

目の前の仕事に振り回されバタバタと動きまわる毎日を恥ずかしいと思ったものです。

丁寧に生きるとはいったいどのようなことなのか、目に見えない心の声を聴けるのか、相手のことを良く見ているのか、人、モノ、すべてのもの大切に思えるのか。「丁寧に生きる」ことは、たやすいようですが、内なる自分をきちんと見つめることが出来るのか。

あまりにもズキンときた先生の言葉は生涯をかけての宿題となりました。

佐藤浩先生とは仕事を通しての出会いでしたが、これほど自分の杖になるような言葉をいただくことが出来たのは、わたくしにとってなにものにもかえがたい宝物になりました。

子どもの本質を見つめ、子どものまなざしに学び、子どもの一番の味方。こんなにも子どもを見守り優しく接してくださる方はいたでしょうか。

佐藤浩先生が鬼籍に入られてから早いもので10年の月日がたちました。青い窓の同人で番組の担当後継者の橋本陽子さんとも13年のお付き合いとなりました。早いものです。取材のたびに橋本さんとは先生のことが話題に上り、佐藤浩先生だったら、ここはどうお応えになったろうか、佐藤浩語録を思い起こしては、忘れてならない、次世代につなげたい佐藤浩訓を語りながら収録に臨んでいます。

佐藤浩先生の出会いに心からの感謝と平安の祈りを捧げます。

菅　原　美智子
秋田県大仙市生まれ、福島市在住。パーソナリティ。元ラジオ福島アナウンサー。「ORANGE TIME」「歌のない歌謡曲」「ふくしま旬の恵みにカンパイ！など多数の番組及び平成元年から「子供の夢の青い窓」を担当。歌のない歌謡曲ＣＭコンクール銅賞、秀作賞他受賞。飯舘村「までい大使」として復興支援を行っている。

佐藤浩と明日《あした》の会

明日の会　柳沼　友治

昭和五十六（一九八一）年、当時は全国で初めてという中途視覚障がい者だけで結成された「明日の会」が福島県郡山市で産声を上げようとしていた。同年の〈国際障がい者年〉に合わせて、郡山市が、市内細沼にあった木造建築の郡山市障がい者福祉会館を会場に、視覚障がい者のための第一回点字講習会を開いた。その講師として招かれた佐藤浩先生と、受講生としての私達の出会いが最初の出会いである。

視覚障がい者、それも自分と同じ中途視覚障がい者向けの点字教室を開催するというので、講師を引き受けてくださったそうだ。晴眼者が失明するということは、そのショク、不安、恐怖などは想像を絶するものがある。先天盲の皆さんは盲学校で白杖による単独歩行訓練を受けているが、中途失明者の一人歩きは危険とされた。当時は、手引きボランティアやガイドヘルパー制度もなかった。佐藤先生はその状況を変えたいと考え、中途視覚障がい者を一人ひとり訪問しながら社会参加を促してくれた。講習会終了時に、仲間達から「まだ点字の書き方、読み方が不十分なので、なんとかこのメンバーで点字の勉強を続けることができないか」との意見が出た。早速、佐藤先生に相談したところ、先生の提案で、先生の自宅に設けられていた「サロン・匠」で勉強会を続けてはどうかということになった。

篤い気持ちを持ったまま、十二名の受講生が昭和五十七年三月十四日に初めての集りを持った。毎月第一と第三水曜に例会を持つことになった。翌月の四月八日、会の名称を影山幸雄さんの提案に賛同し、「明日の会」と決定した。同日に会長選出が行われ、名付け親の影山さんが初代会長に決まった。

初めは点字の学習を中心にスタートし、まずは佐藤先生の手作りの点字カードを利用していた。その他にも、音声時計、計算機などの機器の使い方の指導を受けた。或る時には、中途視覚障がい者についての話や、福祉全体のこと、更には文学的なことなどの有益なお話しも聞けた。嬉しいことには、お茶とお菓子のもてなしもあり、皆は楽しみに通うようになった。

それから、佐藤先生が俳句を嗜んでおられたこともあり、点字の学習の教材として俳句を取り上げることになった。俳句は世界で最も短い文学だと言われ、十七文字しかないので点字を打ったり、読んだりするには教材として最適だったのだそうだ。中には短歌に通じていた人もあり、なおさら皆の文芸に対する興味が深まり、将来へ向けての可能性が広がって行くのを感じ始めていた。

そして、すでに伊藤幸一さんが中心となり立ち上げていた視覚障がい者総合ボランティアグループ「くるみ会」との交流が深まって行った。特にまだ若々しい四人の女性陣が赤子を慈しむかのように、点字の講習会から「明日の会」の創設時には、全てと言って過言では無いほど、会の活動をお世話して下さった。

折しも、「明日の会」の誕生に合わせたように、昭和五十八年に市内香久池に新しく郡山市障がい者福祉センターがオープンし、活動の場所を「サロン・匠」からセンターに移した。家に閉じこもっていた皆が活動の場を得て、「水を得た魚」のごとく様々な活動を始めた。お花見や屋外レクリエーション、猪苗代湖での湖水浴や芋煮会、またはボーリング大会やカラオケ大会、そして忘年会と、一年中休む暇も無く動き回っていた。もちろん、障がい者福祉についての情報の交換も増えてきた。スタート時には十二名だった会員数も多い時期には二十数名の時もあり、例会を開いていた和室から研修室に移らなければならないほどだった。

しかし、この会の活動目的は中途視覚障がい者のリハビリと、社会への復帰と参加及び会員同士の親睦と言うものだったので、次々と点字の読み書きをマスターし、社会に復帰するためにマッサージや針灸の国家試験をパスしなければと塩原温泉街にあった訓練センターに進み、自宅での営業を始めた人も相当数いた。そんな繰り返しにより、会員数が莫大に増えるということが無いのも仕方のないことだった。かえって会の目的の一つでもあった社会復帰が出来、喜ばしいことでもあった。また、会の活動が軌道に乗ってきた頃からは、点字の指導は友誼会員が務めて下さるようになった。皆さんは点字図書館の点訳奉仕者として活躍しておられたので、力強い限りだった。

あるときは、佐藤先生のご配慮で、東京都高田馬場にある日本点字図書館に行き、創立者の本間一夫館長の案内で館内を見学させていただいた。その後、用具部に立ち寄り、親切な職員にお世話になりながら思い思いの品物を買うことができた。

同日に、NHK放送会館に行き、「盲人の時間」のディレクター・川野楠己《かわのくすみ》さんの案内で見学させていただき、盲目の歌手の竜鉄也《りゅうてつや》さんにも会うことができ、大変貴重な体験をすることができた。

それからの活動は目覚ましく、早々に福島県点字図書館と、視覚障がい者の高齢者施設の「光風学園」の見学をした。この時、NHKラジオの「盲人の時間」の同行取材を受けた。また、秋には石筵《いしむしろ》牧場で芋煮会を開いた。この時もＮＨＫ郡山支局の同行取材があった。それぞれにドキュメンタリーとしてテレビ放映や、レポートとしてニュースで紹介された。

嬉しいことに、佐藤先生の長きに亘って発行して来られた子どもの詩集「青い窓」の発刊の活動や、郡山市俳句大会の最優秀賞受賞、中途視覚障がい者の社会参加への啓蒙活動、またそのための活動の場を生み出したりしたことなどが対象となり、郡山文化功労賞を受賞され、昭和五十九年の暮れにローズガーデンを会場に受賞祝賀会を開催した。この祝賀会は、明日の会、郡山盲人会、鍼灸師会の三者共催で盛大に行われた。

特に俳句の力の向上には目を見張るものがあり、昭和五十八年十二月には何と「明日の会」の俳句集を発刊するに至った。ついには昭和六十年一月二十六日付の点字による新聞「点字毎日」の全国版に、その内容の記事が載るという快挙も起きた。全盲の橋本みつえさんが、点字毎日の文芸欄の俳壇の部で年間の最高位の天に二度選ばれた。

ぷつぷつの風巻き起こす滝しぶき
夕暮れの砂場の山も眠りけり

（みつえ）

仲間たちの声をまとめると「文字を身に付けたことによって、言葉を獲得し、言葉を使って季節を味わい、感性を磨くことを覚える。すると、表現の術も学びたい意欲が湧いてくる。暮らしのなかにこころの安寧が生まれる。文学という本質に触れた瞬間を体感した」と、いったところだろうか。その後、佐藤先生は平成四年十月に「点字毎日文化大賞」を受賞されている。

また、私にも、かなタイプの視覚障がい者の全国大会で厚生労働大臣賞を受賞するという珍事が起き、お祝いの会を先生が開いて下さり、仲間達も一緒に楽しいひと時を過してくれたという思い出もある。先生はこうしたちょっとした努力と言うか、頑張りに対していつも褒めて下さり、本人はもちろんのこと、他の皆さんも前向きに生活に取り組もうという気持ちを起こさせて下さる、褒め上手、乗せ上手な方だった。もちろんのこと、間違ったことを許せない方でもあったのは言うまでもない。その後の先生は、会の自立を促すよう徐々に身を引き、顧問として温かく見守り続けて下さった。

現在の「明日の会」は、正会員が十二名、友誼会員が二名というスタート時の態勢に戻った形である。しかし、個人情報保護法が施行されてからは直接に障がい者本人に入会を呼び掛けることが難しくなり、会員の高齢化がどんどん進み、平均すると七十歳代半ばぐらいである。残念ながら創立当初からのメンバーは一人もいなくなってしまった。それでも、このたび五十歳代の女性が入会して下さり、わずかながら光が射してきたように感じる。これからも佐藤浩先生の意向を大事にし、明るく、楽しい集いとして新しい会員が入会したいと思えるような活動を続けて行きたいと思う。

柳沼友治
昭和26年郡山市生まれ、郡山市在住。中途視覚障がい者サークル「明日の会」元会長、多発性硬化症友の会MS虹の会会長（仙台市を中心に活動）、福島県県中方部盲人協会文化部長など歴任。盲協機関誌「はーもにー」編集主幹。

一個の梨

詩人　菊池　貞三

わたしの青春の時期に、わたしの思想や性格の形成に大きなしかも直接的な影響を与えてくれた人がいる。郷里、東北の田舎町の歯医者の長男で、たしかわたしより四つほど年上のその人は、いまは完全な盲人となり、人に手をひかれなければ歩けない状態にありながら、こどもの詩の指導を通してこの地方の児童文化運動の重要な推進力になっている。わたしの個人的なつながりを離れて見ても、他に例を求めようのない、異数の人である。

この人、佐藤浩さんとわたしの出会いは、いまから二十二年ほどむかし、太平洋戦争末期の昭和十九年、あの暗黒の季節だった。わたしは、学徒動員令が出て大学の文科学生が戦場にかり出されることになったため、せめて入営までのわずかな期間を親とともに過ごそうと東京から郷里に帰っていた。めっきり人手の不足していた近在の小学校に、ほんのしばらく臨時の教員となったわたしは、その学校が持っている山の分教場の先生をしていた佐藤さんを知ったのだ。変人、とひそかにいわれていた彼は、血の気のない顔に魚のウロコのような無気味な眼を鈍く光らせ、無精ヒゲをのばして、日暮れがたになるとひっそりと音もなく本校の職員室に入ってきた。すると、学究として職員に尊敬されていた教頭が待っていたように彼を火鉢のもとにさそい、当時さかんに読まれていた佐藤通次の皇道哲学などを持ち出して議論をしかけるのだった。佐藤さんはよれよれの国民服の胸ポケットから、爪ののびた指で短いキセルをとり出し、手さぐりするようにしてそれに火をつけながら、ボソリボソリと反論する。彼の論旨は、認識論の基本だったり、ベルグソン流の純粋持続の観念だったり、かと思うと高等数学に基づく分析だったり、その論理の飛躍と断絶はまったく意表をつき、しかも刃物のような異様な鋭さを持っていて、キリキリ舞いをするのは教頭の方だった。

わたしは彼の顔にかすかな見覚えがあった。中学の先輩だった。わたしの方から声をかけ、急速に親しくなった。というよりは、底なしの穴にひきずりこまれるような、戦慄的な誘惑に抗しがたく吸いよせられていったといっていい。詩を志し、すでに死以外を意味しない戦争末期の出陣を目前に控えて、しきりに万葉の歌を読んでいたわたしと、その頃老子の思想を追っていた彼とは、毎夜のように、深夜まで語り合うようになった。

彼の眼は、戦後網膜剥離で失明に至るが、当時すでに視界が減少しつつあり、それも漸新的にその視界が小さくなってゆくのだということだった。彼が本を読むときは、顔をややはすかいに、頬を頁にすりつけるほどに近づけ、活字を一字一字なめるようにしながら顔を上下してゆく。それはまさに、言葉を、語られる思想を、一行ずつ脳のなかに刻みこんでゆくような、すさまじい光景だった。そうして、彼は、カントを、ヘーゲルを、ベルグソンを頭に叩きこみ、老子をむさぼっている。しかも、一時医学徒だったこともある彼は、医学、科学の造詣が深く、同時にアララギ系の歌人でもあった。──ここで、彼の思想や、知識、能力などについて述べることはこの一文の本意ではないのでくわしく書かないが、とにかく常識では考えようもない異常な求心力をもって思考を限界まで追いつめてゆこうとしていた。そして、まだ盲人ではなかったが、盲人特有といえる研ぎすました鋭い感覚、おそろしいような直観力を持っていた。彼は、わたしの思考のわずかなごまかしをも容赦なく衝き、わたしの歌の甘さをえぐった。彼はしきりに「無」を説いた。というより、悪魔的にささやき続けた。

夜更けて、人っ子一人通らない真暗な町を、時間を忘れてしゃべりながら歩き続けた。巡査にあやしまれ、造酒屋の裏の空地に横倒しに干してある大きな酒樽に入ってかくれたことがあった。冷たい夜風も防げ、ささやきも内に籠って具合がいいと、それからはその樽のなかがわたしたちの深夜のアジトになった。一時、二時、歩き回って、歯科医院の彼の家の前にくる。むろん、戸は固く閉ざされている。じゃ、さよなら。彼は防火水槽のふちに足をかけたとみると、雨樋につかまり、するするっと二階の窓にたどりつく。息をのむ速さである。彼の姿はたちまち窓の中に消える。そういえば、彼は中学時代器械体操部員だった。—近眼鏡をかけていた彼が、ある時木馬跳びで距離の測定を誤り、眼鏡もろとも顔面を砂地に叩きつけ、めちゃめちゃに眼を痛めた—ということはずっと後になって知った。

そのころ、私は恋をしていた。これも後で知ったことだが、彼も恋に苦しんでいた。しかしそれよりも、はるかにわたしと彼の結びつきは熱く、〝危険な〟関係であった。

わたしは彼によってデモンにふれ、カオスをのぞき、思想のおそろしさを知った。既成の道徳観念や固定した思考形式が、わたしから急速に剝げ落ちていった。

——さて、ここまでは、いわばこの一文のマクラである。戦後の彼のことについても、書くことは山ほどある。が、ここで書きたいのは、ただ次の一章だ。

終戦の年の二月一日、わたしは雪のなかを会津若松の軍隊に入った。戦局が日増しに不利になり、敗色覆うべくもない頃だった。約半年間のわたしの軍隊生活は一応措いて、それから終戦までの郷里の町は、軍需工場などもあったせいで、敵の空襲にさらされ、爆撃や機銃掃射によって工員や女学生など一般市民にも多くの死傷者を出し、少なからぬ家屋が焼けた。わたしは佐藤さんの消息を聞かず、自分の家族の安否さえ知らなかった。そんなあと、終戦の日から約一ヵ月あまり遅れてわたしは復員した。幸い家屋と親たちのからだだけは無事だったわが家にたどりつき、売り食いと疎開とでガランと何もなくなってしまっている座敷で、わたしはしばらくは茫然と時を過ごした。その二日目だった。「よかった、帰ってきてくれたね！」満足には見えなくなっている眼が、かえって常人よりも無謀にからだを先走りさせる彼特有の急ぎぶりで、佐藤さんが庭からあわただしく縁側にかけ上がってきた。

「これ、これ」

顔中を笑いでくしゃくしゃにして、彼は満足に言葉にするのももどかしげに、相変わらずのよれよれ国民服のワキポケットにふくらむものを、けんめいにひっぱり出した。

「帰ってきたら、いっしょに食べようと思ってね！」

それは黒ずんでしなびた、一個の梨であった。

（「墨のらくがき」より転載　昭和四十一年十一月　一四八号）

菊池貞三

大正14年郡山市に生まれる。平成21年東京都にて没。

昭和25年中学教師をやめて上京しフリーで活動、『地球』同人となる。

昭和40年～昭和60年、朝日新聞社学芸部記者。『ここに薔薇あらば』

第26回晩翠賞、『いつものように』第28回日本詩人クラブ賞受賞。

― 資料 ―

「青い窓おかあさんの会」での佐藤浩語録

年月	テーマ	心に残る言葉
平成2年 4月	子どもと自然 （自然空間の喪失）	子どもは変わらない。変わったのは環境。 哺乳瓶は、甘噛みを教えてくれない。
5月	子どもの全体像	「分化」「統合」同時に進んでいく過程を発達という。
6月	自分と出会う 日本の美意識	『いのちの窓』（河井寛次郎）の言葉を知ろう。 足袋を捨てるときは洗って繕ってから。 育児は調教でも飼育でもない。
7月	眼聴耳視	目で聴き耳で視たら詩。目で視、耳で聴いたら作文。
9月	草野心平のこと	食べ物の仁義。人間は命を棒にふっている。自分は詩の仕事で棒にふる。
10月	植物と児童詩	植物から大きい自然の摂理を知る。自然法仁。

平成3年		
1月	幼児の心と言葉	子どもの話す言葉をアルバムに添えよう(心の成長を)。
2月	子どもと祖父母	労わりの心、物の大切さ、戦争の怖さ、生きてきた事を伝える。また、老人の生は時間に命を吹き込むことだ。
5月	子どもと兄弟	兄弟喧嘩─自分の意志の表れ・我慢から自分の意見の認識。兄弟関係─社会人としての人間関係の模型。
6月	お父さん	父親の重みが軽い。父母が同じ重さ位になって欲しい。
7月	思春期	視点の変化する、本質を視る目が透き通る蛹の時代。
9月	詩とは何か	本質を見抜く目を持ち、より深い自分と出会ったら詩。
11月	仏教と児童詩	生きるとはより深い自分と出会うこと。自然科学（呼吸）、社会科学的（生活）、芸術的（生きがい）。
12月	子どもと大人の目線	子どもは土を見る、大人は土地を見る。
平成4年 1月	仏教と児童詩	仏教における児童観・蓮華像の世界。蓮華に露が宿り、その露が完全な球であれば宇宙全体を映している。
3月	無財の七施	独り占めしない。他人のために。

6月	「火宅三車」「知足」	有限の中で皆がどう共存するか。
11月	「家珍」	「門より入るものこれ家珍にあらず」
12月	「生」	「啐啄同時」「生も一時の位死も一時の位」
平成5年		
2月	教える教えられる	教えるより気付かせる大切さ。先生も主体生徒も主体。
3月	子どもと遊び	言葉遊びは語彙を豊かにし、感性と知性を育てる。
4月	先を見る人	一年先を見る人は花を育てる。十年先を見る人は木を育てる。百年先を見る人は人を育てる。
平成6年		
3月	佐藤先生の ライフスタイル	「一会一期」一度出合ったら一生涯。より深い自分とは一番近くて一番遠くにいる自分。
5月	ユングの心理学	本質①向日性②ゼロから始まる③人類を繰り返す。
平成7年		
1月	童顔の菩薩たち	一人ひとりが無限の宇宙としての存在。人間は自分の深さでものを見る。自分の浅さでものを見る。

2月	子どもを取巻く環境	本来の家庭が痩せ細り学校が太り過ぎ?・家庭は母港。
4月	児童詩の特徴	中央のない文学。人間の素晴らしさに出会う。
6月	口頭詩について	性相近し習相遠し。人間は既知の鋏で未知の紙を切る。
12月	幼児の言語	暗記―他人と出会う、理解―自分と出会う。
平成8年		
1月	新しい学力観	大人の目で視ないで人間の目で視て下さい。
2月	風露	蘇東坡「君看よ、此の花枝中に風露の香しき有り」。
3月	子どもって	総持―無駄なものはない。全てが人を、宇宙を支える。
12月	時間観、固定観念	時間―肉体無く精神のみ。固定観念―思想・イデオロギー。
平成9年		
2月	文化の周辺	文化とは失敗がバネになった歴史である。
3月	成長の意識	認められる・信頼される・自立する。
4月	児童詩講座内容	幼児期は学びと遊びに分かれていないところで遊ぶ。
		あるところまでは知識、それ以上は知恵。
7月	匠の会	恥ずかしくない青春なんてない。懐かしいものである。
9月	子どもとの付き合い方	子どもの側に立って真実の姿を視る。

11月	楽しく学ぶ方法	言葉の積み木、知恵の積み木、心の積み木。
12月	無師の知	無師の知―生活知。知識―学校知。両者のバランス。
平成10年 1月	命からの信号	子どもの空―遊芸三昧―遊びの場。大人の空―利益追求の場―競いの場。
2月	育つこと育てること	内側の自然は遠ざかったというよりも喪失か？
5月	四十周年に関わる話	叱るなら一緒に悲しむ、褒めるなら一緒に喜ぶ。
7月	草野心平さん	逆鱗―本当に大事なものを見落としたら怒る。
9月	講演会より	家族―血縁集団、家庭―何のわだかまりもない気持。
10月	学校知と生活知	学校知―先生・教材・評価。生活知―評価なし、知恵がある。
11月	漢字五まる	子どもと同じ側に立つ。漢字テストで五まるをとって先生と一緒に万歳をした。
平成11年 1月	環境問題	「地球のお風呂ってあるのかな？」幼児の言葉。環境の悪化を心配している。

2月	生きる力	大人の仮面—大人の矛盾。本音と建前に気付く思春期。
4月	児童詩を通して わかった人間像	人間は一人ひとりが川のようなもの。見える部分と見えない部分を持つ。刻々熟す—今を充実して生きる。
6月	ごっこ遊び	模倣行動は子どもの知恵のありどころ。
9月	口頭詩と児童詩	言葉を通して心を受けとめる耳を持つことの大切さ。
10月	口頭詩	口頭詩は文字になっても息づかいが伝わってくる。
12月	口頭詩2	子どもの言葉をどう聞くかによって口頭詩が生まれる。
平成12年 1月	二十世紀の特徴	二十世紀は個人の世紀。二十一世紀は共生の時代。個の発掘を踏まえた自我と自我との関係での共生。
2月	変わるということ	「不易流行」 変わるものはすぐ目につくが変わらないものは三十年位しないと見えてこない。
3月	時間について	空間—複数で存在できないもの。三次元までの世界。時間—同時に同一場所に存在できる。四次元の世界。
4月	甘噛みについて	今の時代は噛むのか噛まないのかはっきりしろという

		時代。生きていくには、はっきりしていないものの存在がないと命を失ってしまうのではないか。
平成13年		
1月	知情意と真善美	ほんとうに存在するもの、存在するように見えるもの。
4月	「馬鹿になれ」	逆説の教え。老子の思想。自分の足元で自分を学べ。誰かに教えてもらうのではない。自分の中の自然を見つめる。
5月	思考の在り方	大人の目でなくて人間の目でみる。どう違うのか議論。
10月	詩と詩でないもの	大人は子どもの言葉に出合っていない。意味を持たない言葉、共感として共有。オヤスミルク、オヤスミカン、オヤスミミズク。
平成14年		
1月	中央を持たない文化	県内で児童詩指導をする人は少ない。白河・齋藤哲夫、会津・村野井幸雄氏など。
平成15年		
9月	大人の自覚	子どもが大人になる自覚が遅れていないか?・中3位?

平成16年		
2月	文学と人間	人間を優しくする。人間が救われる。
7月	年をとる	刺激されるものが少なくなる。辛抱強さが無くなる。
9月	ゆっくりでいい	年重ねてきて出来なくなったこと、出来ること、年を重ねて来たから見えること。
平成17年		
2月	〆の会	知的な面や、学ぶ気力が衰えるというところに老化が忍び込んでくる。テーマを持つこと。

「電話講演会」資料

折々に、佐藤先生から本やカセットテープが送られてきた。辞書、ボイスレコーダー、売り出し始めの電子辞書など、学びに必要な様々が私の手元に届いた。夜学でも放送大学でもない、不思議な私の学びの場だった。その資料ともいうべき本やテープは次のようなものだった。多分多くの記載漏れもあると思う。「あなたに合いそうなものを送るね」

と佐藤先生は言われた。この何倍も何十倍もの本を読み、テープに録音してのラジオ放送などを聞き、佐藤先生は学び楽しまれた。そして、その一部をコピーの手間ひまかけて私に送ってくれた。

もう一度読み、もう一度聞き、ゆっくり深く味わいたいものだと思う。

【本】

『術語集』　中村雄二郎著　岩波新書
『森の生活』　ヘンリー・ソロー著　JIC出版
『ぼくは12歳』　岡　真史著　ちくま文庫
『坂の多い村』　佐藤浩著
『青い窓からひろがるうた』　北川幸比古文　小学館
『漢字源』―辞書―　学研
『逆引き広辞苑』―辞書―　岩波書店
『問題群』　中村雄二郎著　岩波新書
『子どもの宇宙』　河合隼雄著　岩波新書
『ムーミンパパの手帳』　東　宏治著　島影社

『悪魔の辞典』　ビアス・西川正身編訳　岩波新書
『森の生活』上　ヘンリー・ソロー著　飯田実訳　岩波文庫
『森の生活』下　ヘンリー・ソロー著　飯田実訳　岩波文庫
『民俗学の旅』　宮本常一著　文藝春秋
『いのちの窓』　河井寛次郎著　東峰書房
『炉辺歓語』　河井寛次郎著　東峰書房
『おじいちゃんおばあちゃんだいすき』　青い窓の会・佐藤浩編著　頭脳集団ぱるす出版
『さけぶ子つぶやく子』　佐藤浩著　ぱるす出版
『ママもっと笑って』　青い窓の会　光雲社
『郷土玩具』　牧野元太郎・稲田年行編著・榊原和夫撮影　読売新聞社
『雪国の民俗』　柳田國男・三木茂　第一法規
『民具のみかた心とかたち』　天野武著　第一法規
『民俗芸能二』　西角井正夫編集　音楽之友社
『明日の太鼓打ちへ』　林　英哲著　晶文社

『命の暗号』 村上和雄著 サンマーク出版
『命の暗号②』 村上和雄著 サンマーク出版
『金子みすゞ全集』 JULA出版局
『ぼくには何が詰まっているのかな』 「青い窓」の会
『童顔の菩薩たち』 佐藤浩著 ぱるす出版
『子どもに学ぶ日々』 佐藤浩著 ぱるす出版
『子どもの深い目』 佐藤浩著 歴史春秋社
他、佐藤浩の著書多数

【カセットテープ】
「フリースクール」
「モンテッソリー教育」
「術語集」
「坂の多い村」「鬼窪のきつね」
「問題群―中村雄二郎」
「講演―4つの柱から」
「講演―看護」
「草野心平・詩の朗読」
「講演―草野心平」
「CD―ぼくが燃えてしまう」
「高木東六・米寿コンサート」
「子どもの宇宙」No.1
「子どもの宇宙」No.2
「子どもの宇宙」No.3
「子どもの宇宙」No.4
「ムーミンパパの手帖」No.1
「ムーミンパパの手帖」No.2
「ムーミンパパの手帖」No.3
「中川史郎さんの講演」
「講演―伝える」

「トンマの祈りの歌」
「子どもと言葉」No.1
「子どもと言葉」No.2
「草野心平を偲ぶ会」No.2
「規格大量生産」
「講演―釜の子小学校」
「漢字の歴史」No.1
「漢字の歴史」No.2
「漢字の歴史」No.3
「漢字の歴史」No.4
「漢字の歴史」No.5
「漢字の歴史」No.6
「漢字の歴史」No.7
「漢字の歴史」No.8
「漢字の歴史」No.9
「漢字の歴史」No.10
「漢字の歴史」No.11
「漢字の歴史」No.12

「外山滋比古・岡本夏木対談」
「河合隼雄」No.1
「河合隼雄」No.2
「河合隼雄」No.3
「河合隼雄」No.4
「半生を語る」No.1
「半生を語る」No.2
「半生を語る」No.3
「半生を語る」No.4
「共生―川崎市・横浜市」
「講義5―遊び」
「どうぶつたち」
「問題群―リズム論」
「司馬遼太郎が語る」
「さけぶ子つぶやく子」
「物の道」1
「物の道」2
「太鼓胴覚書」

「幼児教育とは何か」
「家族」―山田太一
「宮沢賢治」
人間大学「宮沢賢治」
「青い窓エッセイ」
「少年の日の歌」
「漢字のおいたち」1
「佐藤浩講演」―H8年
「心平先生と私」
「宮沢賢治」1
「宮沢賢治」2
「宮沢賢治」3
「宮沢賢治」4
「宮沢賢治」5
「フランスの大検制度」
「江戸文化」
「講義―6」
佐藤浩講演「あのね」

佐藤浩講演「4つの柱」
佐藤浩講演「看護」
佐藤浩講演「草野心平」
佐藤浩講演「伝える」
佐藤浩講演「本郷幼稚園」
佐藤浩講演「釜の子小学校」
「家庭内暴力」
幼児教育「仲間遊び」
「岡本太郎」
「学校知・生活知」
「イギリス文学」
「宮沢賢治」
「アメニモマケズ」
「音楽考古学」
「規格大量生産」
「おっぱいのはなし」
「心の時代」1
「心の時代」2
「心の時代」3
「ゆらぎ」
「感性の歴史」
「フラクタル」
「クレオール」
「東井義雄さんの話」
「宮沢賢治」
兵庫県「中学生の体験学習」
幼児教育「幼児の自我の発達」
佐藤浩大阪公演
佐藤浩白河講演（幼稚園）
河井寛次郎1
河井寛次郎2
河井寛次郎3
川端康成
宗周の哲学1
宗周の哲学2
宗周の哲学3
宗周の哲学4
宗周の哲学5
宗周の哲学6
赤い靴授賞式
21世紀委員会
あそびをせんとやうまれけむ
いっぱい大好きお母さん
中国「雲南省」
「口頭詩について」—佐藤浩
佐藤浩講演会「本郷幼稚園」
「家族の闇」1～2
—齋藤学
「家族の闇」3～4
—齋藤学
「自分とは何か」
—免疫遺伝子
「子どもの詩とともに37年」
—佐藤浩

中村はじめ・大江健三郎・山田太一対談１
中村はじめ・大江健三郎・山田太一対談２
「心平先生と私」―アトリエかしわ開設記念（Ｈ８）
心の時代「佐藤浩」―児童詩の中の仏法
「青い窓フォーラム」１　平成５年
「青い窓フォーラム」２　平成５年
土曜フォーラム「まどみちおの世界」
「ノーベル賞受賞者―４人の話」
「三好京三―賢治の詩朗誦を解説」
「子どもの遊び」（日曜喫茶より）
少年プロジェクト特集「友だち」
「九十歳の人間宣言」（住井すえ講演会）
「テクノロジーが生み出すもの」
幼児教育①「現代社会の子ども」

あらためて、佐藤先生の幅の広さ奥の深さを思う。私が「今太鼓に興味がある」と言えば太鼓や音楽に関する本を、科学に触れる話に興味を持てば科学の本を、私に足りない部分を補うテープを、先生が私に伝えたいものを、様々な分野のものを届けてくれた。全部が宝物だが、佐藤春夫の「少年の日」の詩に佐藤先生がメロデイをつけたという、佐藤浩自身が歌うテープは中でもぴかっと光っている。

佐藤 浩 年表

年月	事柄	文芸関連	時世（＊福島県内関係）
大正10年12月（1921）	3日、歯科医・佐藤勘兵衛、ハルの二男として郡山市に生まれる		
昭和9年3月（1934） 4月	郡山市金透尋常小学校卒業 旧制安積中学入学、器械体操部に入る		治安維持法改正 この年、東北大冷害・凶作
昭和11年6月（1936）	安積中3年の時、鉄棒から落下して視力低下、いずれ失明との宣告	文芸誌『若草』に小説を書く	2月、二・二六事件
昭和12年4月	二本松市の野地眼科に入院。病院近くの龍泉寺の僧侶・武田喚三と出会い、道元の仏教双書を借りる	道元『正法眼蔵』を虫眼鏡で読む	7月、日華事変始まる
～13年 夏休み （中学生時代）	安達太良山周辺に点在する温泉に逗留、読書と思索にふける。旧制会津中生、旧制一高生、二高生、大学生と交流する。カント哲学や、リルケ、ランボー、ヴァレリー、高村光太郎の詩を読む	西田幾多郎『善の研究』、倉田百三『出家とその弟子』阿部次郎『三太郎の日記』他	4月、国家総動員法公布 草野心平『蛙』
昭和14年3月 4月	福島県立安積中学校卒業 東京高等歯科医専門学校入学		9月、第二次世界大戦起こる

昭和15年(1940) 5月	医学の道から文学の道へ傾倒、投稿マニアとなる		生活綴方運動教師への弾圧始まる
昭和16年3月 9月	視覚障害のため医専を中退、郷里に帰る 近村の根木屋国民学校に就職　児童詩と出合う		＊7月20日、「郡山詩人懇話會」（岡登志夫代表）発足 8月、高村光太郎『智恵子抄』 12月、米英に日本宣戦布告
昭和21年(1946) 3月	教職を退く	「ほむら詩会」菊池貞三ら発足、同人となる	4月、新選挙法による総選挙 6月、米、ビキニで原爆実験
昭和22年3月	富久山行建国民学校教諭の椎根喜代と結婚	詩誌『銀河系』（～昭26・7）同人として詩を書く。4月「ペンクラブ」同人	5月、日本国憲法施行
昭和23年2月 5月	長女・由紀子誕生 完全失明　箏曲家を目指し、宮城門下に入る		＊郡山盲人協会発足
昭和24年	文筆業、針灸マッサージ、箏曲家それぞれの道をさぐる		

昭和25年（1950）4月	福島県立福島盲学校入学（年齢の関係で高等部に）	盲学校在学中、福島市の児童文学者や詩人らと交流	6月、朝鮮戦争始まる
昭和29年3月 4月	盲学校卒業 郡山中町で針灸マッサージ業を開業 柏屋3代目本名徳治と出会う。	仕事の合間を縫って新聞・ラジオの広告コピーに頭を絞る	ビキニ水爆被災事件
昭和33年（1958）5月	柏屋企画部に入社(経営企画・広告のコピーライテング) 幼なじみ4人で月刊児童詩誌「青い窓」を創刊		
昭和40年（1965）9月	おもちゃの店「きりん」を自宅にて開店		高度経済成長始まる
昭和42年	郡山市児童文化会館『ボクラのひろば』児童詩の選考を依頼される （平成17年度第39号まで佐藤浩）		
昭和43年9月	㈱柏屋製菓　常務取締役就任 青い窓「詩の教室」を開設		10月、川端康成ノーベル文学賞 12月、3億円強奪事件
昭和45年8月	㈱柏屋製菓　相談役となる		2月、日本、初の人工衛星打ち上げ
昭和47年11月	郡山市社会教育功労賞		

昭和55年 3月 6月	◇「郡山ボランテイア連絡協議会」5周年記念誌に〈障がい者の声〉欄に福祉運動の理念を説く 福島県文化振興基金第1回顕彰 第20回久留島武彦文化賞		家庭内暴力・校内暴力激化 国際児童年
昭和56年10月	郡山市公民館講座8回「童話作り」講師（講座修了後、児童文学サロン「めだかの会」自宅で開催） ◇「くるみ会」会員になる。友愛訪問立ち上げを担う ◇「福祉のまちづくり市民会議」代表世話人となる		◇国際障がい者年
昭和57年3月	◇「明日の会」中途失明者の会結成 点字学習をかねて俳句学習「点字毎日」に投句。入選多数		
昭和59年11月	郡山市文化功労賞		
昭和63年（1988）1月	ラジオ福島「子どもの夢の青い窓」放送開始	5月。エッセイ『子供の深い目』出版	11月、リクルート事件
昭和64年・平成元年	福島民友新聞に「私の半生」40回を連載（6月4日～7月14日）		11月、ベルリンの壁崩壊
平成元年6月	第12回福島民報出版文化賞奨励賞		
平成2年（1990）3月	青い窓「お母さんの会」を開設		

平成4年1月	タウン誌「街こおりやま」ふるさと大賞		
5月	第3回みんゆう県民大賞		
10月	点字毎日文化大賞		
11月	赤い靴児童文化功労賞		
平成5年5月	青い窓35周年全国児童詩サミット開催		
11月	福島県文化功労賞		
平成8年11月	博報児童教育振興会《国語教育・日本語教育部門》において博報賞ならびに文部大臣奨励賞		
平成10年4月	青い窓40周年第2回全国児童詩サミット開催 郡山女子大学短期大学部保育科にて児童文学の非常勤講師を務める（平成12年までの3年間） 財団法人ソロプチミスト日本財団より千嘉代子賞		7月、和歌山、ヒ素入りカレー事件
11月	おきなわ青い窓主催第3回全国児童詩サミットに共催として参加		
平成17年（2005）5月	20余年続くラジオ福島「子どもの夢の青い窓」勇退 「青い窓」編集を柏屋社員・橋本陽子に引き継ぐ。（株）柏屋　退職		
平成20年（2008）5月	青い窓50周年		
10月10日	逝去　享年88		

参考文献

青い窓ことはじめ　文・佐藤浩　絵・橋本貢　青い窓の会
児童詩誌「青い窓」第1号（昭和三十三年五月）〜第523号（平成二十一年九月）
　青い窓の会　柏屋
こどもの詩集『青い窓』谷川俊太郎・佐藤浩編　柴田書店
『子どもに学ぶ日々』青い窓の会編・佐藤浩解説
『コップのそこのおかあさん』佐藤浩・橋本貢編　青い窓の会
同、別冊付録「青い窓の歌」高木東六　青い窓の会
『キャベツの中の宇宙』佐藤浩　青い窓の会
『子供の深い目』佐藤浩　歴史春秋社
『遠くへいかないでお母さん』佐藤浩　ぱるす出版
『いのちの窓』河井寛次郎　東峰書房
『日本児童詩教育の歴史的研究』全三巻　弥吉管一　渓水社
福島民友新聞記事「私の半生」1989・6・4〜7・1　全四十回　福島民友社
福島民友新聞記事「全国児童詩サミット」関連　1993・5・8　福島民友社
福島民報記事「県文化功労賞受賞」関連　1993・9・15／11・4　福島民報社
「ほむら第一詩集」菊池貞三編　ほむら詩會
詩誌『銀河系』第2號（昭和二十二年五月）ほむら詩會〜18號（昭和二十六年七月）
　銀河系詩社
「ペンクラブ」1947春　郡山ペンクラブ

「匠」№1（昭和四十六年）～№5（昭和五十一年）　第二期匠
『坂の多い村』　佐藤浩　コスモ・アトリエ
『かあ子ちゃんの虹』　さとうみやお（佐藤浩）　自家版
「郡山文化」　郡山文化協会編
郡山詩人懇話會會報第一号　小田島森良　郡山詩人懇話會
「郡山・文学のしおり」　伊藤和編集　郡山青年会議所
『郡山市史』第五巻・六巻　郡山市　大日本印刷
郡山教育編103～105　最上二郎　街こおりやま
『郡山文化40年の歩み』　郡山市文化団体連絡協議会
『ヴァレリー全集』全十二巻　落合太郎・鈴木信太郎・渡辺一夫ら　筑摩書房
『現代詩大辞典』　安藤元雄他監修　三省堂
「青い窓お母さんの会十年のあゆみ」　小沼キミ子編集
『めだか』1号～4号　早津秀美・昆キミ子・吉川明紀子ら編集
「短詩アンソロジー第一集　Oのあくび」　面来理恵子ら　短詩の会銀河
「明日の会俳句集」　川浪福子ら　明日の会　「くるみ会」点訳グループ
「郡山市における福祉の街づくりを考える」　郡山ボランテイア連絡協議会
「ひろげよう愛の輪」　福祉のまちづくり市民会議　郡山市福祉協議会
「思えばここまで来たもんだ」　伊藤幸一ら　ボランテイア団体「くるみ会」
詩誌『熱気球』10～12集　詩の会こおりやま
『世界人権宣言』パスポート　アムネスティ・インターナショナル日本発行

あとがき

「人生には三人の師がいる」といいます。その人の人生観を変えるほどの師です。私たちにとって、その共通の一人の師が佐藤浩先生です。私たちは、ほぼ同じ時期に佐藤先生に出会っています。

横山は、〈子どもの詩を通して子育てのことを考えてみませんか〉という、手書きの張り紙に引かれて青い窓の「お母さんの会」に参加したのが始まりでした。鶴賀は、ある児童文学の集いでの講師と聴講者としての出会いからです。

私たちはそれぞれに佐藤先生と関わり、人柄や知性に強く引かれ、たくさんの事を先生から学びました。壮大な宇宙観や自然観、人生の機微、宗教観などどれをとっても深く、その根底には佐藤先生の揺るがない人間観がありました。

もっともっと、たくさんの事を学びたかったという想いは強くあります。折々に先生に伺いたいこともたくさんあります。「死も一つの生理だから」と先生はさり気なく話されていましたが、生という現象を戻すことはできません。ただ、私たちの想いは形にすることはできるのかも知れないと思いました。

紙上の三次元、文字を通してなら出来るかもしれない。出来るだけ立体的に佐藤先生を蘇らせてみたいという想いです。紙上の三次元などある筈もありませんが、私たちは、いつしか佐藤先生が文字から立ち上がって、歩き、笑い、再び豊かな話を語ってくれるような気がしたのです。

立体的というには、私たちは案外同方向からの佐藤先生です。そこに、大石邦子さんや菅原美智子さんや栁沼友治さん、そして故菊池貞三さん、多くの方々に語っていただくことで多面的な佐藤浩像が見えてきました。横から、後から、これまでに知らなかった佐藤先生が顔を見せてくれたりして、私たちには新たな発見ともなりました。

また、児童詩とのかかわりは世に広く知られていますが、佐藤先生自身の作品はあまり知られていません。二章に、佐藤先生が同人誌等で発表された様々なジャンルの作品を掲載することが出来ました。これも、私たちには嬉しい発見でした。

さて、「佐藤先生、先生の立体像に近づけましたか?」と先生に問えば、「はい、ありがとう」と笑顔で答えてくれるような気がします。「まだまだ遠い」などと、決しておっしゃる先生ではありませんから。私たちは、本当はまだまだ届かないと思っています。でも、私たちに出来る精一杯の事でした。

あの時、この写真の時のように、今楽しくおしゃべりしている気分です。そんな私たちの想いを温かく受け止めていただき、「発刊に寄せて」のお言葉を頂きました柏屋の本名善兵衛社長には心よりお礼を申し上げます。

また、佐藤先生を顕彰する「佐藤浩コスモスの会」の篠崎拓会長、「青い窓」の橋本陽子同人代表にもご協力を頂きました。

大石邦子さん、菅原美知子さん、柳沼友治さんには貴重なエッセイを寄せていただき、菊池貞三さんは平成二十一（二〇〇九）年死去されましたが、奥様の享子さんの快諾により「墨のらくがき」より転載させていただきました。皆様に感謝申し上げます。

また、伊藤　和さんにはたくさんの資料を提供い

ただき、「知」の章に紹介させていただきました佐藤先生の作品については、ご息女由紀子様よりのご許可ご配慮を頂き掲載させて頂きました。

他にもさまざまな形でご協力いただいた方々に、感謝の気持ちでいっぱいです。

そして、私たちの想いを形にするために、いろいろと相談にのっていただき、丁寧に対処していただきました歴史春秋社の植村圭子様に感謝申し上げます。

郡山で、会津で、郡山と会津の真ん中あたりの猪苗代で、時にお店の屋根を借り、時に草原に簡易のテーブルとイスを置き、私たち二人が青い空を見上げて折々に口にしてきた言葉。

「先生　喜んでくれているかなぁ…」

横山　静恵
鶴賀　イチ

横山静恵（高橋静恵）
現住所　〒963-0201　福島県郡山市大槻町字天正坦2-42
1954年　北海道札幌市生まれ
著書
　1985年　詩集『檻のバラ』
　2006年　詩集『いのちのかたち』
　2011年　研究書『子どもの言葉が詩になるとき』
　　　　　いずれも自家版
　2016年　詩集『梅の切り株』（コールサック社）
所属
　福島県現代詩人会　詩の会こおりやま

鶴賀イチ
現住所　〒969-6241　福島県会津美里町吉田字上道下丙323-1
1971年～2009年　町立本郷幼稚園保育所勤務
2008年～2015年　会津大学短期大学部非常勤講師
2009年12月～2017年11月　会津美里町教育委員
受賞歴
　北の児童文学賞　奨励賞「少女おけい」
　福島県文学賞　　エッセイ・ノンフィクション部門　正賞「恋するカレンダー」
　福島県文学賞　　小説・ドラマ部門　正賞「会津涙痕草」　他
著書
　「少女おけい」「言の葉咲いた」「新島八重」「子どもの言葉と旅をして」
　（歴史春秋社）　他

あなたは さとうひろし という一編の詩でした

2018年12月3日

著　者　横 山 静 恵 ／ 鶴 賀 イ チ
発行者　阿 部 隆 一
発行所　歴史春秋出版株式会社
　　　　〒965-0842　福島県会津若松市門田町大道東8-1
　　　　電話　0242-26-6567
印　刷　北日本印刷株式会社